사람만이 희망이다

희망찬 사람은 그 자신이 희망이다
길 찾는 사람은 그 자신이 새 길이다
참 좋은 사람은 그 자신이 이미 좋은 세상이다
사람 속에 들어 있다 사람에서 시작된다
다시 사람만이 희망이다

사람만이 희망이다

박노해 옥중사색

느린걸음

이 책을 독자 여러분께 권합니다

박노해는 1991년 사노맹 사건으로 구속되어
무기징역형을 선고받고 7년째 경주교도소에 수감 중인 시인입니다.
그의 말처럼 그는 자신의 생각을 한 시대의 끝간 데까지
밀고 나갔으며, 불의한 권력을 향해 몸 바쳐
투쟁하는 삶에 치열했던 혁명가이기도 했습니다.
그 박노해가 이제 새로운 모습으로 우리 곁에 다가옵니다.
단지 외부의 적을 향해서 목소리를 높이는 사상과 투쟁에서 나아가,
삶의 안쪽에서 자기 자신과도 치열하게 투쟁하는 삶이
진정한 혁명적 삶이란 것을 깊이 깨우친 사람으로,
사는 동안 알게 모르게 너무 많은 죄를 지었다고
고백하는 겸손한 사람으로 다가옵니다.
크나큰 고통 속에서 깊은 묵상과 기도, 끊임없는 자기 부정을 통해
꿋꿋한 희망의 사람으로 새롭게 태어난 박노해를
책으로나마 만나게 되어 반갑습니다.
박노해 시인이 지난날 이루어낸 문학적 성취를 바탕으로
더욱 성숙한 인간의 면모를 보여주기를 기대하며,
관심을 기울여온 많은 분들도 이 책의 출간을 기뻐해 주시리라 믿습니다.
주님의 사랑과 축복이 그와 함께하여 하루빨리 자유로운 몸으로
우리 곁에 돌아오기를 진심으로 기원합니다.

1997년 초여름
천주교 서울대교구장 추기경 김수환

5

序 그 여자 앞에 무너져내리다

그해 첫눈이 펑펑 내리던 밤
엉금엉금 기어가는 마지막 호송차는 만원이었지요
그 바람에 규정을 어기고 나는 그 여자 옆에 앉혀지게 되었습니다
눈송이 날리는 창밖만을 하염없이 내다보던 그 여자는
누군가 내 이름을 부르는 소리에 깜짝 놀라
내 얼굴을 뚫어지게 쳐다보더니 검은 눈이 어느덧 젖어 있었습니다
자기는 아이 둘 가진 노동자인데 교통사고로 들어와서
합의를 못 보다가 오늘에야 나가게 되었다고
내 시를 노래로도 부르고 이야기 많이 들었다고
항상 죄송하고 마음 아팠다고……

눈이 내리니 어두운 세상도 참 고와 보이네요
아까 내내 창밖을 내다보며 저 이런 생각 했어요
죄수복에 포승줄 묶인 내 모습이
차창에 비치는 게 그렇게도 싫었는데,
아니야 아니야 나야말로 이 모습 이대로 죄인이구나
난 지금까지 좋은 세상을 바라면서
노조에도 참여하고 가진 자들 욕도 하고
잘못된 세상을 확 바꿔야 한다고 원망도 많았는데
이제 생각하니 그게 다 도둑놈 마음이었어요

죄가 어디 홀로 지어지는 건가요
다 수많은 관계 속에서 죄짓고 사는 건데
저들의 큰 죄 속에는 제 자신의 죄가 스며들어 있고,
제 욕심과 비겁함과 힘없음이 저들을 더 크게
더 거칠 것 없이 죄짓도록 부추겨 온 건데요
제 자신이 먼저 참되고 선하고 정의롭지 않고서
어떻게 세상 평화와 정의를 바랄 수 있겠어요, 도둑 마음이지요
가진 자들의 탐욕과 부정부패는 사납게 비판하면서도
왜 제 자신의 이기심과 작은 부정들은 함께 보지 않았을까요
왜 네 탓이오 네 탓이오만 외치고 제 탓이오가 없었을까요
'제 탓이오 제 탓이오 그리고 네 큰 탓이오!'
라고 해야 옳은 게 아닐까요
왜 저는 못 갖는 한이 아니라 안 갖는 긍지를 지닌
떳떳한 인간으로, 진실로 당당한 노동자로
사회 정의와 평등을 요구하지 못했을까요
첫눈 내리는 오늘 밤에야 제가 자유의 몸이 된다니까
지난 삶이 부끄럽게 돌아봐지네요
좋은 세상을 간절히 바라면서도 전 솔직히 공짜로 바란 거예요
좋은 세상, 좋은 세상, 하면서도 사실은
가진 자들의 부귀와 능력을 시샘하면서

좋은 세상을 위해 희생하는 사람들 몫의 행복을 훔치고
우리 아이들의 미래를 훔치며 살아온 겁니다
선생님을 뵈니 더욱 죄송하고 자꾸만 눈물이 나네요
어디 좋은 세상이 저절로 오나요, 단번에 오나요,
우리 빼앗긴 게 한꺼번에 되찾아지나요
설사 빼앗긴 돈과 권리는 되찾을 수 있을지라도
빼앗긴 삶과 인간성과 제 상한 영혼은 어디에서 찾을까요
내가 먼저 좋은 사람으로 변하려는 노력 없이
가난한 제 돈과 시간과 관심을 쪼개서
참여하고 보태려는 구체적인 실천 없이
좋은 미래를 어디에서 누구에게 바랄 수 있겠어요
좋은 세상은 어찌 보면 우리 안에 이미 와 자라고 있는 건데,
지금 나부터 그렇게 살면 되는 건데, 좋은 사람으로 살면서
하루하루 생활 속에서 어깨를 맞대고 착실히 힘 모아나가면
사실 저들은 껍데기에 지나지 않는데
선생님, 저 이제 나가서는 잘 살겠습니다
좋은 세상 함께 이루어가는 좋은 사람이 되도록
제 자신과도 싸우면서 그 힘을 보태겠습니다

마치 고해성사하듯 떨리는 목소리로 다짐하던 그 여자

서울 구치소로 가는 어두운 밤길에
함박눈은 가슴 미어지도록 흐득흐득 내리고
느리게 기어가는 만원 호송버스 안에서
오누이처럼 스스럼없이 어깨를 기댄 채
젖은 목소리로 속삭이던 순결한 연꽃송이 같은 말씀들……
무기징역 선고받고 돌아오던 내 마음은
환하디 환한 슬픔이었습니다

운명의 그날 밤, 산처럼 무너져내린 그날 밤!

선생님, 제 마음속에 품어온 꼭 묻고 싶은 말이 있습니다
사회주의가 정말 우리가 바라는 그런 좋은 세상인가요?
그렇게 평등하고 경쟁 없이 편한 사회에서
누가 열심히 일하려 하겠습니까?
그렇게 정의롭고 도덕적인 사회에서
사람이 무슨 재미로 살겠습니까?
그렇게 좋은 사회가 누구 힘으로,
어느 세월에 이루어지겠습니까?
언제쯤 이기적인 우리 노동자와 서민들이
그런 성인으로 변화하겠습니까?

그 여자의 소박한 물음 앞에서
나는 산산이 무너져내리고 말았습니다
성실하게 땀 흘리며 살아온 한 여자가
온 삶으로 던져오는 화두 앞에,
태산처럼 육박해오는 준엄한 심문 앞에,
아아 나는 꼼짝없이 무너지고 깨어졌습니다

선생님 저는요, 선생님처럼 자신을
송두리째 바치며 살지는 못하겠습니다 죄송합니다
저는 두 아이의 엄마이고 한 남자의 아내입니다
맞벌이로 잔업까지 뛰지 않으면
매달 카드 결제와 시동생 학비 지불,
친정 어머님 병수발을 못하게 됩니다
이것은 제가 머리에 이고 살아가야 할 제 인생의 의무입니다
제 생활을 저버리지 않으면서도
좋은 세상을 만들어가는 삶을 살고 싶어요
제가 어떻게 살아야 제 인생이 참되고 보람찰 수 있을까요
일 년에 한두 번 임금인상 때 반짝하고 마는
노조활동 같은 거 말구요 회비 잘 내고 서명하고
집회나 시위 있을 때 참여하는 그런 거 말구요

제 일상생활 속에서 제가 주인이 되어서
제가 살아 있다는 느낌과 즐거움을 누리면서
나이 들수록 우리가 바라는 좋은 세상을 닮아가면서
생활 속의 작은 걸음들이 곧바로 좋은 사회를 만들어가는
큰 싸움으로 이어지는 그런 실천이 무엇인지요
정말 저는 인간답게 살고 싶어요
살아 움직이는 사람이고 싶어요 선생님

눈은 내리고 눈은 내리고, 가슴 미어지게 눈은 내리고,
나는 아무 할 말이 없었습니다
그날 밤, 나는 아무 변명도 비켜섬도 없이
그저 정직하게 산처럼 무너질 뿐이었습니다
무너지고 깨어지는 게 내가 할 일이고 남은 희망이었습니다
그랬습니다 나에게 희망이 있다면
산덩이만한 패배와 무너짐, 마지막 한 껍데기까지
철저하게 깨어지고 쪼개어지는 것이었습니다

그로부터 지난 7년 동안 나는 이 벽 속에서 죽음을 살았습니다
실패한 혁명가로서 '내가 왜 살아 있어야 하는가'를 찾는 것이
절박한 문제였습니다 참혹했습니다

그날 밤 그 여자가 내게 내린 화두가 나를
죽더라도 정직하라고, 결과에 대한 책임을 다하라고,
이렇게 아픈 침묵 절필 삭발
정진의 삶을 살게 한 것이기도 합니다

많은 시간이 흐르고 나서 이제야
내 안에서 싹이 트는 소리를 듣습니다
이제야 고요한 희망입니다
내가 죽지 않고 살아남았다는 것,
그것이 나의 희망입니다
그날 밤 하늘이 내게 보내신 그 여자 앞에
자신 있게 다시 서는 날까지
나의 기다림과 정진은 계속될 것입니다

차 례

아직과 이미 사이

겨울 사내

셋 나눔의 희망

첫마음

희망의 뿌리 여섯

아직과 이미 사이

아직과 이미 사이

'아직'에 절망할 때
'이미'를 보아
문제 속에 들어 있는 답안처럼
겨울 속에 들어찬 햇봄처럼
현실 속에 이미 와 있는 미래를

아직 오지 않은 좋은 세상에 절망할 때
우리 속에 이미 와 있는 좋은 삶들을 보아
아직 피지 않은 꽃을 보기 위해선
먼저 허리 숙여 흙과 뿌리를 보살피듯
우리 곁의 이미를 품고 길러야 해

저 아득하고 머언 아직과 이미 사이를
하루하루 성실하게 몸으로 생활로
내가 먼저 좋은 세상을 살아내는
정말 닮고 싶은 좋은 사람
푸른 희망의 사람이어야 해

인다라의 구슬

인다라의 하늘에는 구슬로 된 그물이 걸려 있는데 구슬 하나하나는
다른 구슬 모두를 비추고 있어 어떤 구슬 하나라도 소리를 내면
그물에 달린 다른 구슬 모두에 그 울림이 연달아 퍼진다 한다
― 화엄경 華嚴經

작은 연어 한 마리도 한 생을 돌아오면서 안답니다
작은 철새 한 마리도 창공을 넘어오면서 안답니다
지구가 끝도 없이 크고 무한정한 게 아니라는 것을
한 바퀴 크게 돌고 보면 이리도 작고 여린
푸른 별 하나에 지나지 않는다는 것을

지구마을 저편에서 그대가 울면 내가 웁니다
누군가 등불 하나 켜면 내 앞길도 환해집니다
내가 많이 갖고 쓰면 저리 굶주려 쓰러지고
나 하나 바로 살면 시든 희망이 살아납니다

인생이 참 마음대로 되지 않습니다
세상이 참 생각대로 되지 않습니다
한때는 씩씩했는데, 자신만만했는데,
내가 이리 작아져 보잘것없습니다
아닙니다

내가 작아진 게 아니라 큰 세상을 알게 된 것입니다
세상의 관계 그물이 이다지도 복잡미묘하고
광대한 것을 알게 된 것입니다
세상도 인생도 나도 생동하는 우주 그물에 이어진
작으나 큰 존재입니다

지금은 '개인의 시대'라고 합니다
우주 기운으로 태어나 우주만큼 소중한 한 생명,
한 인간이 먼저, 내가 먼저입니다
국가와 민족을 위해 내 한 몸 바치는 것을 미덕으로 교육받아온
'개인 없는 우리'에서
자유롭게 독립하여 주체적인 개인들의 연대
'개인 있는 우리'가 되어야 합니다

지금은 '정보화 시대'라고 합니다
세계 구석구석을 연결하는 거대한 정보 네트워크가
구슬처럼 빛나는 개개인을 하나로 엮어가고 있습니다
우리는 모두 인다라의 구슬처럼
지구마을의 큰 울림을 만들어가는 주체입니다
새벽 찬물로 얼굴을 씻고

서툰 붓글씨로 내 마음에 씁니다

오늘부터 내가 먼저!

내가 먼저 달라지기
내가 먼저 인사하기
내가 먼저 정직하기
내가 먼저 실행하기
내가 먼저 손 내밀기
내가 먼저 돕고 살기

무조건 내가 먼저
속아도 내가 먼저
말없이 내가 먼저
끝까지 내가 먼저

감동을 위하여

오늘도 어김없이 아침해가 떠오릅니다
오늘 떠오르는 해는 오늘의 해입니다
이 세상에 같은 것은 두 번 되풀이되지 않습니다
매일매일은 전적으로 새로운 창조물입니다
지구는 단지 자전과 공전을 반복하는 것이 아닙니다
우주는 끊임없이 확장하며 순환하고 있습니다
태양도 지구도 이동하는 공간 속에서 운동하고 있기에
시간이 생겨나고, 시간 속의 모든 사물은
날마다 변화하는 새로운 존재입니다

그러므로 매일매일은 나날이 처음 열리는 새로운 날들이고
그 자체의 새로운 생각과 말과 행동과 의미를 갖고 있습니다
단지 무디고 퇴화된 사고와 감성에 안주하는 사람만이
이 새로운 하루하루를 감동할 줄 모르는 것입니다
감동할 줄 모르는 사람은 감사할 줄 모르는 사람입니다

살아 있음 자체만으로도 얼마나 큰 감사와 은총인지를
나는 몇 번씩 죽음 앞에 세워지고 나서야 깨달을 수 있었습니다
가족과 함께 한 밥상에서 밥 먹는다는 게
얼마나 큰 자유인지 아십니까?

마냥 걸을 수 있고 사랑하는 사람을 어루만질 수 있다는 게
얼마나 큰 기쁨인지 아십니까?
감동할 줄 모르는 사람은 지금 자기가
얼마나 큰 보배를 갖고 있는지 모른 채, 그것을 즐기지도 못한 채,
봄을 찾는다고 천리만리 밖으로 떠도는 사람과 같습니다
봄은 이미 자기 집 울타리에 청매화꽃으로 피어 있는데

침침한 관 속 같은 좁은 제 독방을 저는
〈감은암感恩庵〉이라 이름 지었습니다
'살아 있음의 감사와 은총'이라는 뜻이지요
비록 무기징역에 침묵하며 정진하는 겨울삶이지만
살아있는 하루하루가 얼마나 고요한 기쁨인지
얼마나 큰 감사와 은총인지 모릅니다
하루하루가 새로운 감동입니다

가장 무서운 것은 나쁜 습성입니다
둔감하고 안이하게 그저 흘러가는 생활입니다
나날의 무의미하고 반복되는 일상만큼 인간을 무디게 하고
내 감각기관과 정신과 감수성을 퇴화시키는 것은 없습니다
두려워하십시오 쓰지 않는 감각기관은 퇴화하고 맙니다

인간의 코는 수천 가지 냄새를 구분할 수 있지만
도시문명 생활을 하면서 그 기능을 쓰지 않아
지금은 수십 가지 냄새밖에 맡지 못하도록 퇴화하고 말았습니다
사람의 얼굴 표정을 관장하는 근육은 80종류나 되고 그것이 각각
무수한 조합을 만들어 무려 7천 가지 표정을 짓는답니다
지금 당신은 몇 가지 표정으로 살아가고 있나요
무엇이든 쓰면 쓸수록 진화하고 쓰지 않으면 퇴화하고 맙니다

항상 노래를 부르는 습관을 들이십시오
항상 춤추는 습관을 들이십시오
항상 웃음을 띠십시오
항상 귀를 크게 열어놓으시고
칭찬을 해드리십시오
손으로 어루만져 드리십시오
항상 새로운 눈으로 찾으십시오
아름다운 것을 찾아 즐기십시오

감동할 줄 모르는 사람은 창조력을 잃어버린 사람입니다
더 이상의 영적 성장이 멈춰버린 사람입니다
감동을 잃어버리고 생기와 신명이 없는 사람은 미래가 없습니다

정치적 견해나 말로는 진보라고 하더라도
감성과 도덕과 생활문화가 낡은 과거에 젖어
삶이 보수화하고 퇴보하는 사람입니다

리더십의 핵심은 사람들을 감동시키는 능력입니다
감동을 잃어버렸다면, 감동도 학습하고 노력해야 합니다
온몸과 마음으로 열심히 감동하고 감동을 나누십시오
항상 감동에 젖어들 수 있도록
몸과 마음의 안테나를 예민하게 닦으십시오

변화 속에서

사람은 세월이 쌓여 늙어가는 것이 아니라
이상理想을 잃을 때 늙어가는 것이다
이상도 하나의 생명이라서
계속 성장시키지 않으면 죽고 만다

사람이 저렇게 변할 수가

세월이 이렇게 무섭습니다

거친 세월이 흘러도

늘 푸른 소나무처럼

변함없는 사람은

변한 세월만큼

변화의 빠름과 크기만큼

치열한 자기 변화를 이루어내서

결코 변해서는 안 될 것을

굳건히 지켜가는 사람입니다

키 큰 나무숲을 지나니 내 키가 커졌다

생일날 새벽에 기도를 드린 후 긴 묵상의 시간을 가졌어요
눈을 감고 돌아보니 운동을 시작한 지 20년
숨 가쁘게 격동하는 역사의 현장을 달려왔네요
끝도 없는 철야 특근 곱빼기 지긋지긋한 물량 밀어내기
일 마치고 탈진한 몸으로 썰렁한 기숙사에서 자취방에서
새벽까지 토론하고 책을 읽고 글을 쓰고
아침이면 맨날 세숫대야를 빨갛게 물들이던 어지러운 기억
수배자로 낮이면 칼처럼 긴장하다
밤이면 잠자리 걱정에 애가 타던 기억
지하 밀실의 고문과 사형 구형, 무기징역살이,
무너지고 깨어짐, 침묵의 겨울삶……
나도 모르게 그만 눈물이 흐르더라구요 챙피하게

그래도 내 인생을 나는 참 사랑해요
좋은 세상을 바라며 좋은 일 하자고 애쓰다 보니
좋은 사람들을 많이 만났어요
지금도 만나고 있고 앞으로도 만날 거구요
그 힘든 세월 동안 난 정말이지 단 한 번도
운동 그만둬버릴까 잠시 뒤로 빠졌다 할까
나 좀 챙기고 할까 곁눈질해본 적이 없었어요

내 곁엔 늘 좋은 사람들이 있었기 때문일 거예요

좋은 사람들이 함께 사는 세상이 그리워 시작한 운동이고

좋은 사람 만나는 게 일의 전부인 운동이니

행복하고 감사한 인생이지요

키 큰 나무숲을 지나니 내 키가 커졌다
깊은 강물을 건너니 내 영혼이 깊어졌다

그래요 좋은 님들과 함께하다 보니

나도 좋은 사람이 되어가는 것만 같아요

뜻이 크고 사랑이 큰 사람들과 함께하다 보니

나도 덩달아 커진 듯이 느껴져요

역사의 큰 숲을 지나고 깊은 슬픔의 강을 건너다보니

나도 따라 깊어지는 것만 같아요

하루하루 정신이 커지고 깊어진 나를 느낄 때마다

조용히 감사 기도를 바치곤 했어요

그게 다 좋은 사람들과 함께한 좋은 인연 때문이었지요

그러다 체포되기 일 년 전부터 내 안이 고갈되어가는 걸 느꼈어요

몸도 영혼도 사람 관계도 크나큰 위기 앞에 서게 된 것이지요

아 내가 죽어가고 있구나, 더는 나를 쥐어짤 게 없구나 하면서도

맡은 책임 때문에 시대상황 때문에 밀고 나갈 수밖에 없었어요

좋은 벗들은 그 중압과 무서운 긴장을

더 이상 견디지 못하고 하나 둘 떠나가고 말았지요

나는 겉으로야 책임감으로 밀고 나갔지만

이미 내가 먼저 죽어 있었던 거지요

그 최악의 시간 속에서도 죽지 않고 나를 다시 살려낼 수 있었던 건

그때 만난 새로운 인연들 덕이었어요

마치 나를 구원하기 위해 기다렸다는 듯이 다가와

낡은 이념틀 속에서 기진맥진 고투하는

나를 보살피고 생기를 불어넣으신 것이지요

그 좋은 님들이 아니었다면 지금 내가 어찌 되었을까요

저는 아무 가진 것 없지만 좋은 님들과 함께했기에

모든 것을 다 가진 것이지요

부처님이 친구들에게 이런 말을 하셨지요

나를 좋은 벗으로 삼으십시오
그러면 늙어야 할 몸이면서도 늙음으로부터 벗어날 수 있고
병들어야 할 몸이면서도 병으로부터 벗어날 수가 있습니다
죽어야 할 몸이면서도 죽음으로부터 벗어날 수가 있고
고뇌와 우수를 지닌 몸이면서도 고뇌와 우수로부터 벗어날 수가 있습니다

그때 아난다가 이와 같이 말했지요

그 말씀을 듣고 곰곰이 헤아려보니
착한 벗이 있고 착한 동지와 함께 있다는 것은
이 성스러운 길의 절반에 해당한다는 생각이 들었습니다
그래요 절반에 해당한다고 봐야겠지요

부처님이 말했지요

아난다 그것은 잘못입니다 그렇게 말해서는 안 됩니다
착한 벗이 있고 착한 동지와 함께 있다는 것은
이 성스러운 길의 전부입니다

맞아요 좋은 벗들과 함께한다는 것은
'이 길의 절반'이 아니라
'이 길의 전부'인 거예요
좋은 벗들이 있어 나는 살아갈 힘을 얻고
좋은 님들이 있어 나는 날로 새로워지고
좋은 님들이 있어 내 키가 커지고 혼이 깊어지는 거예요
아무리 내 앞길이 험하다 해도 좋은 님들과 함께라면
늘 감사와 은총의 시간일 거라고 나는 믿어요
그래서 얼마나 희망차고 가슴 설레는지 몰라요

내가 할 일은 따로 없어요
내가 좋은 친구, 좋은 동지가 되어 드리는 것밖에
내가 더 좋은 사람이 되어 나를 알고 나와 함께하는 이들이
더 커지고 더 깊어지고 더 맑아지고 더 아름답도록 하는 게
내 할 일의 전부인 것이지요

지금까지 나를 키우고 나를 이끌어주신
사랑하는 나의 님들 한 분 한 분께 감사의 입맞춤을 보내요
앞으로도 변함없이 나를 키우고 나를 이끌어주실 벗들께
또 아직은 알지 못하지만 새로운 인연으로 다가오실
나의 님들께도 사랑의 입맞춤을 보내요
내가 살아 있음이 감사와 은총입니다

뱃속이 환한 사람

내가 널 좋아하는 까닭은
눈빛이 맑아서만은 아니야

네 뱃속에는 늘 흰 구름이
유유히 흘러가는 게 보이기 때문이야

흰 뱃속에서 우러나온

네 생각이 참 맑아서
네 분노가 참 순수해서
네 생활이 참 간소해서
욕심마저 참 아름다운 욕심이어서

내 속에 숨은 것들이 그만 부끄러워지는
환한 뱃속이 늘 흰 구름인 사람아

인간의 거울

물을 거울로 삼던 시절에 옛사람들은
무감어수無鑑於水, 물에다 얼굴을 비추지 말고
감어인鑑於人, 사람들에게 자신을 비춰보라고 했습니다

아 언제부터인가 사람들 속에 비추어도
내 모습이 잘 보이지 않습니다

모두가 떼를 지어 저지르는 잘못은 죄가 아니라
그저 현대 문화생활이고
모두가 개인으로 돌아가 능력 차이를 내세워서
남보다 더 잘 나가는 성공이
다들 선망하는 변신이 되고 불문율이 되고

점점 더 많이 벌고 많이 갖고 많이 쓰고자 하는 열망으로
여린 지구와 미래의 터전을 파괴하는 생활이 진보가 되고
지구마을 곳곳에서 굶주려 쓰러지는 아이들 몫을
더 높은 경제성장으로 더 많은 임금인상으로 끌어당겨와
우리도 선진국이 되었다고 이제 평등분배만 이루면 된다는
이 시대 사람들 속에 비치는 내 모습이
반듯합니다 당당합니다 빛이 납니다

아니야, 미쳤어, 모두 미쳤어
이건 내 참모습이 아니야
인간의 거울이 미친 거야
죄가 죄인 줄도 모르는 거울은 거울이 아니야

굶주려 우는 인류 82%의 퀭한 눈동자에 비춰봐
텅텅 비어 황폐해가는 우리 농촌에 우리 밥상에 비춰봐
잊혀진 현장 구석구석에서 노동하는 사람들에게 비춰봐
말 없는 이 나라 아이들에게 힘없는 여자들에게 비춰봐
내가 타고 다니며 내뿜어댄 검고 흐린 하늘에 비춰봐
내가 씻고 싸고 버린 저 더러운 강물에 비춰봐
거기 비추이는 내 얼굴 내 생활이 거짓 없는 참모습이야

그게 나야 그게 바로 내 거울이야
지금은 지구 시대인데 언젯적 거울로 보는 거야
먼저 낡아빠진 거울부터 깨야 해
변하지 말아야 할 건 변하고, 변해야 할 건 그대로인,
우리 위선의 거울부터 깨야 해
다시 인간의 거울이어야 해

겨울 없는 봄

겨울에도 딸기 맛을 볼 수 있는 이 좋은 세상에
겨울 감옥에서 빨갛게 잘 익은 딸기 네 알을
시린 손에 받쳐 드니 눈이 다 부십니다
갓 씻고 나온 내 여자의 알몸인 양 한입에 살큼 깨물면
달콤한 생기 가득히 핏줄을 타고 온몸에 흘러넘칠 듯
병중에 메마른 입맛도 금세 돌아올 듯한 유혹이었어요
그러다 한순간 아니다! 외치는 소리가 들렸어요

지금은 겨울인데 너는 아니야, 너는 겨울을 살지 않았어
언 땅속에 자기를 파묻고 견디며
사무치게 봄을 기다리지 않았어
넌 제철이 들지 않았어
네 속에는 살아있는 땅 힘이 없어
맑음도 단단함도 깊이 익음도 없어
너는 파랗게 언 흙가슴을 착취한 거야
미리 봄을 끌어다 산 거야 미래를 훔치며 큰 거야
넌 잘생기고 큼직하고 늘씬하지만
네 빈속에는 독한 것들이 차 있어
넌 지금 잘 나가고 잘 팔리지만
온실에서 키워진 껍데기야

네 성공은 참이 아니야 진정 너는 아니야

네 몸엔 겨울 상처도 뜨거움도 없어

온몸으로 떨며 타오르며 뼛속 깊이 차오른

추위도, 어둠도, 슬픔도 없기에

순결하고 강인한 애정도 없어

겨울을 바로 살지 않고는

결코 내일의 푸른 희망일 수가 없어

요즘 세상에는 겨울이 없다지요

사무실이나 아파트 실내는 난방으로 후끈거리고

자동차를 타면 따뜻한 히터 바람이 휘감겨오고

한겨울에도 반팔 옷이 유행이라지요

슈퍼마켓에 가면 싱싱하게 포장된 푸성귀와 과일이 풍성하고

그렇게 모두가 미리미리 봄을 파먹고 산다는데

아 봄마저 길러 파는 저 무서운 손아귀가 손아귀가

겨울을 없애버린 시대에, 겨울을 정복해버린 시대에,

진정한 인간의 봄은 어디에서 구할까요

언 벽 속에서 네 겹 담요 둘러쓰고 웅크려 떠는

겨울 정진 몸앓이가 너무 괴롭습니다만

빨갛게 잘 익은 싱싱한 딸기 네 알,
너는 나를 미치게 유혹하지만
나는 너를 먹지 않을 거야
널 맛들이면 내 안의 봄은 영영 죽고 말아!
춥고 가난한 우리들의 봄은 땅 밑에서 살아오는 봄이야
추우면 추울수록 더 푸르고 단단하게 차오르는 봄이야
벌건 언 발로 느린 걸음이지만 언 가슴 언 손 맞잡고
아래로부터 함께 올라오는 봄이야

겨울 속에서 겨울을 품고 사는 춥고 서러운 사람아
한겨울 품속에서 아프게 커나오는 봄은
왜 이리 온몸 떨리는 아픔인지 설렘인지
사무치는 사무치는 기다림인지

솎아내지 마소서

척박한 비탈의 야생 사과나무 한 그루와
서로 위안하며 살아갑니다
태풍이 밤새 불고 간 아침
창살 너머 사과나무를 바라보다 그만
아이쿠 하느님!

후두둑 떨어져 나뒹구는 저 풋사과알처럼
절 솎아내려는 건 아니겠지요
이대로 절 썩히려는 건 아니겠지요
끈질기게 매달려 살아남은 저 몇 안 되는
사과알 중에 저도 들어 있는 거겠지요

살리고 떨구는 건 당신의 뜻이지만
솎아냄이 있어야 남은 것들
더 실하게 익어가는 거지만
하느님, 솔직히 저는요
떨어진 사과보단 살아남은 사과이고 싶어요

당신이 짐 지워준 삶의 무게를
함부로 벗어버리지 않겠사오니

깊이 들어 박힌 상처와 치욕도
함부로 지워버리지 않겠사오니
오, 제 안에 주렁주렁 매달린
욕망과 애착의 열매들도
나날이 간소하게 솎아내겠사오니
정녕 절 솎아내버리지 마소서

살점 에이는 겨울삶도
기쁘게 살아내겠사오니
더 겸허하고 더 정직하게
순명하며 정진하겠사오니
마침내 제가 향기롭게 익은 어느 가을날
당신의 따뜻한 손으로 거두어
이 지상의 가난한 밥상 위에 바쳐지게 하소서

두 여자가 누구게요

수녀님들이 접견 오셔서
무기징역살이 힘들어 죽겠는데
아주 날 가지고 돌리고 노신다
야 생각보다 날씬하네 참 섹시하네
아깝다 어째 종신서원 하는데 뒤가 땡기더라니
예수님한테 시집가기 전에 만났으면 내 껀데
히히히 수녀님들이 막 웃긴다
예수부인 바람났네다

나도 한마디,
요즘 문민정부 감옥에서는요
홀수 날엔 무지 잘 빠진 비키니 아가씨가 와서요
절 잡아보세요 나 잡으면 니꺼어
그래서 하루 종일 쫓아다니다 보니까
짝수 날에는요 씨름 선수 같은 언니가 와서요
니 잡히면 내꺼어 하고 막 쫓아다녀서
하루 종일 도망치며 뛰어다니다 보니까
내가 날씬해진 건가? 섹시해진 건가?
수녀님 그런데요
절 날마다 못살게 하며 치열하게 정진하게 하는

그 두 여자가 누구누구게요?

21세기 미래와 20세기 과거?
우리 첫마음과 닫힌 옛 이념?
새로운 진보와 새로운 탐욕?

이쁜 수녀님만 콕 찝어서 맞춰보셔요

열리면서도 닫힌

열려 있으라
그것은 쉽습니다
적이 없어지니까요
시장판에서 거침없이 경쟁하면 되니까요

신념을 지켜라
그것은 쉽습니다
닫히면 단순해지니까요
끼리끼리 옳으면 되니까요

참이 아닙니다
열림도 닫힘도 그 중간도
양극단을 품은 긴장된 떨림이 아니라면
치열한 찢김과 피투성이 떨림이 아니라면

열리면서도 닫힌
닫히면서도 열린
열리면서도 닫힌!

산에서 나와야 산이 보인다

달나라에 갔다 온 암스트롱에게 기자들이 물었습니다
달에 가서 무얼 보고 왔는가?

"지구가 아름답다는 것을 보고 왔다"

우리가 매일 그 안에 살고 있는 지구
그래서 그 온 모습을 바로 볼 수 없었던 지구
지구가 아름답고 소중한 푸른 별이라는 걸
달나라까지 가서야 확연하게 알 수 있었던 걸까요

경주 남산자락 첩첩 벽 속에서 세월이 갈수록
세상이 눈물나게 아름다워 보입니다
구르는 통 속에서 나와야 통을 굴릴 수 있다더니
이렇게 처음으로 멀리 떨어져 내가 살던 산을 바라보니
이제야 산이 보입니다 숲이, 나무가 바로 보입니다

세상이 얼마나 크고 장엄한지
우리가 얼마나 좁고 작았는지
우리가 얼마나 닫힌 강함이었는지
우리가 얼마나 뒤떨어져 있는 건지

그리고, 그만큼,

우리가 얼마나 아름답고 소중한 존재인지

우리가 왜 미래의 희망인지

우리가 무엇으로 다시 피어날 수 있는지

시간이 흐를수록 환해집니다

눈물나게 눈물나게 환해집니다

산에서 나와야 산이 보입니다

다시 첫마음으로, 산으로 걸어갑니다

현실을 바로 본다는 것

현실을 있는 그대로 보면
거기에 희망이 있습니다
거기에 새 길이 있습니다

지난 시대에 우리는 현실에서 시작했지만
어느 순간부터 이념으로 현실을 보았습니다
지금 우리는 현실로 이념을 보아야 할 때입니다

주관 섞인 희망으로 보는 것이 아니라
현실 변화를 있는 그대로 담아내는
닫힌 자기를 벗어나 열린 깊이를 가진
새 이념을 모색해야 할 때입니다

현실을 바로 보는 것은 결코 쉬운 일이 아닙니다
현실을 바로 보는 것은 진리의 시작이기 때문입니다

첫째, 상대를 바로 보는 것입니다
　　세계의 눈으로 현실을 보는 것입니다

둘째, 자기를 바로 보는 것입니다

적의 눈으로 자기를 보는 것입니다

셋째, 힘의 크기를 바로 보는 것입니다
    국민의 눈으로 정세를 보는 것입니다

넷째, 변화를 바로 보는 것입니다
    미래의 눈으로 변화를 보는 것입니다

현실을 있는 그대로 본 위에서 다시,
생활민중의 몸으로 자신을 보십시오
가난하고 힘없는 사람들 가운데 들어앉아 계신
하늘의 눈으로 자신을 보십시오
현실 속에 이미 자라나고 있는 미래를 주목하십시오

나는 이렇게 물었습니다

그토록 애써온 일들이 안 될 때
이렇게 의로운 일이 잘 안 될 때
나는 이렇게 물었습니다

"뜻인가"
길게 보면 다 하늘이 하시는 일인데
이 일이 아니라 다른 일을 시키시려는 건 아닌가
하늘 일을 마치 내 것인 양 나서서
내 뜻과 욕심이 참뜻을 가려서인가

"능能인가"
결국은 실력만큼 준비만큼 이루어지는 것인데
현실 변화를 바로 보지 못하고 나 자신을 바로 보지 못해
처음부터 지는 싸움을 시작한 건 아닌가
처절한 공부와 정진이 아직 모자란 건 아닌가

"때인가"
흙 속의 씨알도 싹이 트고 익어가고 지는 때가 있듯이
모든 것은 인연 따라 이루어지는 것인데
내 옳음을 세상 흐름에 맞추어내지 못한 건 아닌가

내가 너무 일러 더 치열하게 기다려야 할 때는 아닌가

쓰라린 패배 속에서 눈물 속에서
나는 나에게 이렇게 물었습니다

손을 펴라

원숭이는 영리한 동물입니다
토착민들은 이 영리한 원숭이를 생포할 때
가죽으로 만든 자루에 원숭이가 제일 좋아하는
쌀을 넣어 나뭇가지에 단단히 매달아 놓습니다
가죽 자루의 입구는 좁아서 원숭이의 손이
겨우 들어갈 정도밖에 되지 않습니다

얼마 동안을 기다리면 원숭이가 찾아와
맛있는 쌀이 담긴 자루 속에 손을 집어넣습니다
그리곤 쌀을 가득 움켜쥐고는 흐뭇해 합니다
그런데 쌀을 가득 움켜쥔 원숭이는 아무리 기를 써봐도
그 자루 속에서 손을 빼낼 수가 없습니다

놀란 원숭이는 몸부림치며 울부짖기 시작합니다
손을 펴고 쌀을 놓아버리기만 하면 쉽게 손을 빼내
저 푸른 숲 속을 다시 자유롭게 누비며 살 수 있으련만
원숭이는 한 줌의 쌀을 움켜쥔 손을 펴지 못한 채
울부짖다가 결국 토착민에게 생포 당하고 마는 것입니다

손을 펴라

움켜쥔 손을 펴라

놓아라 놓아버려라

한 번 크게 놓아버려라

쉬는 것이 일이다

지치고 몸이 아프면 의지도 기력도 다 빠져나간
텅 빈 몸이 저 홀로 더엉더엉 울립니다
쉬어라!
몸이 하는 말에 귀 기울여 몸이 던지는 화두를 받습니다

쉼, 휴休!
푸른 나무木에 몸 기대인 사람人 하나
아름드리나무 그늘 아래 잠시
짐을 벗고 맑은 솔바람에 땀 씻으며
걸어온 길을 돌아보고 단전에 힘을 주며
긴 호흡으로 저 먼 길을 바라보는 모습이 평화롭습니다

쉬어라!
쉰다는 것은 곧 버린다는 것
버리고 또 버려 맑은 소리 날 때까지
쉼 없이 나를 돌이켜 비워 내리는 것
텅 빈 내 안에서 다시 세상의 아픈 소리
내일이 싹트는 소리 나직한 하늘 소리가
새벽 종울림으로 울릴 때까지

쉬어라!

쉬는 것도 일입니다 쉬지 말고 쉬어야 합니다

밤의 시간이 있어야 내일 다시 해가 뜨고

겨울삶이 있어야 푸른 봄이 자라나듯

쉬어야 차오르고 쉬어야 깊어지고

쉬어야 멀리 내다보며 끝까지 진보할 수 있습니다

쫓기는 삶을 돌이켜 쫓는 삶이 되어야

이 복잡해진 세계 속에 숨어 있는

참사람의 푸른 길을 함께 갈 수 있습니다

지난 불의 시대가 그랬습니다

쉴 틈도 없었고 쉴 생각도 못 했습니다

눈 뜨면 투쟁이었고 앉으면 논쟁이었고

매일 울분에 젖고 매일 결단하고 밤을 지새우고

사건과 격동의 연속이었습니다

우리가 세계를 책임지지 않으면 안 된다고 생각했고

시대의 고통과 과제를 다 지고 쓰러지는 순간까지

나가야 한다고 생각했습니다

나는 나를 쉬지 못했습니다

내 불덩어리를 쉬지 못했습니다

밤낮 일하고 달리고 싸우고

열심이 지나쳐 한순간 욕심이 되어

내 속의 푸르름과 밝음을 이토록 갉아먹을 때까지

나는 진정 나를 쉬지 못했습니다

그때는 홀로 쉬고 자기를 돌보는 시간이

'또 하나의 생산'이 아니라 나약함과 불철저함이었습니다

그때는 그랬습니다

이제 불의 시간은 저만치 흘러가고

그 헌신 그 열정을 그대로 내면화할 때입니다

불덩어리를 안으로 품어 내 온몸 구석구석을 환하게 되살리고

우리가 놓쳐온 작은 생활문화 하나하나부터

푸른 희망을 길어올려야 할 때입니다

지금 나는 적막 옥방 근본자리에서 나를 열고 나를 비움으로

천 골짝 만 봉우리 물이 흘러들어 이 물둥지가 차오르기를

가득 차오른 물이 다시 저 들녘으로 기쁘게 흘러가기를

하루하루 치열한 기다림으로 살고 있습니다

소걸음의 때

벽 앞에 바로 앉아 고요히 숨을 고르면
어느 순간 살며시 내가 내 몸을 빠져나와
벽 속에 좌정한 나를 지켜보곤 합니다

내가 나를 보니 울 안에 갇힌 일소 한 마리
움머어 움머어 봄 일 가자고 풀밭에 가자고
이 문 좀 열어줘 이 고삐 좀 풀어줘

일어섰다 앉았다
뿔로 쿵쿵 밀어보았다
고삐 줄 당겼다 놓았다
푸르러 오는 앞산 보고
움머어 움머어

창살 안에 말 달리던 사내 하나
벽 앞에 눈 감고 앉아서
일하러 가자고 빈 들판에 가자고
움머어 움머어
속울음 웁니다

산에 들에 꽃피는데
꽃피는 봄날인데
해 그림자 기울어도
어둠 깔고 앉아 그대로

아! 말 달리던 때는 저만치 흘러가고
지금은 소걸음의 때
호랑이 같은 눈으로 앞날을 뚫어보고
소걸음처럼 견고하게 나아가리라*

산벚나무 꽃잎 하나 파르르 날아들어
여윈 어깨 위에 가만히 내려앉습니다

* 호시우행 虎視牛行

내 마음 그대 마음

내 마음은 따로 없어
그대 마음이 내 마음

내 슬픔은 따로 없어
그대 슬픔이 내 슬픔

내 성공은 따로 없어
그대 웃음이 내 성공

내 갈 길은 따로 없어
그대 올 길이 내 갈 길

꽃피는 말

우리 시대에
가장 암울한 말이 있다면

"남 하는 대로"
"나 하나쯤이야"
"세상이 그런데"

우리 시대에
남은 희망의 말이 있다면

"나 하나만이라도"
"내가 있음으로"
"내가 먼저"

다시

희망찬 사람은
그 자신이 희망이다

길 찾는 사람은
그 자신이 새 길이다

참 좋은 사람은
그 자신이 이미 좋은 세상이다

사람 속에 들어 있다
사람에서 시작된다

다시
사람만이 희망이다

길 잃은 날의 지혜

길 잃은 날의 지혜

큰 것을 잃어버렸을 때는
작은 진실부터 살려가십시오

큰 강물이 말라갈 때는
작은 물길부터 살펴주십시오

꽃과 열매를 보려거든 먼저
흙과 뿌리를 보살펴주십시오

오늘 비록 앞이 안 보인다고
그저 손 놓고 흘러가지 마십시오

현실을 긍정하고 세상을 배우면서도
세상을 닮지 마십시오 세상을 따르지 마십시오

작은 일 작은 옳음 작은 차이
작은 진보를 소중히 여기십시오

작은 것 속에 이미 큰 길로 나가는 빛이 있고
큰 것은 작은 것들을 비추는 방편일 뿐입니다

현실 속에 생활 속에 이미 와 있는

좋은 세상을 앞서 사는 희망이 되십시오

나 하나의 혁명이

인도와 중국의 가난한 사람들이
한국인의 소비 수준으로 산다면
이 지구는 얼마 안 가서 파괴되고 말 것입니다
20%도 안 되는 잘 사는 나라 인구가
전 세계 자원의 82%를 사용하고 있습니다
오늘 우리는 가난한 나라 사람들이 써야 할 자원을,
우리 아이들의 미래를 끌어당겨 살고 있습니다
인류의 80%가 그토록 굶주리고 초라하게 살고 있기 때문에
우리는 현재와 같은 삶의 방식으로 생존할 수 있는 것입니다
이 엄연한 자기 존재의 바탕을 정직하게 바라보지 않은
어떠한 가치, 어떠한 사랑, 어떠한 도덕, 어떠한 목표도
그것은 허구이며 위선일 수밖에 없습니다

천지간에 나 하나 바로 사는 것
이 지구 위 60억 인류 모두가
나처럼 먹고 쓰고 생활한다면
이 세상이 당장 좋아질 거라고
떳떳이 말하며 살아가는 사람

내가 먼저 적게 벌고 나눠 쓰면서
덜 해치고 덜 죄짓는 맑아진 얼굴로
모두 나처럼만 살면 좋은 세상이 되고
푸른 지구 푸른 미래가 살아난다고
내가 먼저 변화된 삶을 살아내는 것

그것이 진리의 모든 것이다
그것이 희망의 모든 것이다
그것이 혁명의 시작과 끝이다

천지간에 나 하나 바로 사는 것

몸의 진리

아무리 세상이 변하고 좋아져도
사람은 밥을 먹어야만 살 수 있다
정보와 서비스를 먹고는 못산다
이 몸의 진리를 건너뛰면 끝장이다

첨단 정보와 지식과 컴퓨터가
이 시대를 이끌어간다 해도
누군가는 비바람치고 불볕 쬐는 논밭을 기며
하루 세끼 밥을 길러 식탁에 올려야 한다

누군가는 지하 막장과 매캐한 공장에서
쇠를 캐고 달구고 제품을 생산해야 한다
이 지구 어느 구석에선가 나 대신 누군가가
더럽고 위험한 일을 몸으로 때워야만 한다

정보다 문화다 서비스다 하면서 너나없이
논밭에서 공장에서 손 털고 일어서는
바로 그때가 인류 파멸의 시간이다
앞서간다고 착각하지 마라
일하는 사람이 세상의 주인이다!

인간의 기본

성철 스님이 임종을 앞두고 고통스런 숨을 내쉬고 있는데
절박한 심정의 제자 하나가
"스님, 깨달은 사람은 지금 죽음 앞에서
고통의 경계가 어떠하십니까" 하고 물으니
성철이 철썩 뺨 한 대 올려붙이더라
그래도 이 제자는 깨닫지 못하여 얼얼하기만 하더라

열정 어린 청년들이 먼 길을 찾아와
투명창 너머로 반갑게 얘기를 나누다
선생님, 지금 가장 절실한 게 뭐예요?
자나깨나 혁명이란 화두이시겠지,
시대정신, 미래 진보, 희망 찾기, 맞죠?
가만히 웃음 짓다가 말없이 돌아왔네
그래 맞아, 하지만 지금 나에게 가장 절실한 거?
끝도 없이 걷고 싶은 거
걷다가 쓰러져 영영 잠들지라도 마냥 걷고 싶은 거
여자의 부드러운 살 부비고 싶은 거
찬 바닥에 누울 때마다 그리운 건 여자의 따스한 온기
그리고 사랑하는 사람들과 한 밥상에 둘러앉아
오순도순 얘기하며 밥 먹는 거
좋은 벗들과 향기 좋은 차를 마시며
가슴을 열고 깊은 대화를 나누는 거

아휴 요 무정한 녀석들, 영치물도 안 넣어주고 갔네
불쌍한 우리 수인들 목 빼고 앉아 기다리는데……
다 잘 먹고 잘 살자고 하는 일인데
그게 사람살이의 기본인데 운동의 기본인데
철없어라 종아리 한 대씩 찰싹찰싹, 깨달았니?

사랑하는 친구들아
꽃과 열매의 기본은 흙과 씨알 뿌리야
몸 받고 태어나 몸으로 사는
인간의 기본은 먹고 사는 것이야
나라 살림의 기본은 경제와 안보야
진보운동의 기본은 사람이고 민중생활이고 삶이야

기본에 철저해야 해
기본에 충실해야 해
기본을 건너뛴 자는 반드시 무너지는 거야
그러나 기본을 넘어서야 해
기본을 뚫고 나가야 해
기본에만 붙박인 자는 반드시 쇠망하는 거야
이건 만고의 진리이고 역사의 교훈이야

지난 시대의 성취와 패배에서 이거 못 배우면 우린 미래가 없어
자기 먹고 살 것과 지식 문화 자본을 다 가진 채
인간의 기본을 건너뛰고 나라 살림의 기본에는 무능한 채
절대이념에만 목청 높이는 진보 지식인을 경계해야 해
자기 새끼들 먹고 살 것은 물론
사회적 기득권과 특권까지 다 누리고 움켜쥔 채
세계가 저런데, 우리나라 경제와 안보는, 도덕과 법질서는,
입만 열면 기본을 팔아 사는 보수 지식인을 경계해야 해

사랑하는 친구들아
눈 밝게 뜨고 정직하게 삶의 안팎을 뚫어봐야 해
생활민중의 눈으로 보고 생활민중의 몸으로 생각해야 해
기본에 충실하면서 기본을 넘어서야 해

다음에 면회 온 친구들이
선생님, 지금 가장 절실한 게
걷는 거, 여자, 밥 먹는 거, 이야기하고 싶은 거죠, 맞죠?
아휴 요 착한 녀석들, 아직도 멀었구나
다시 종아리 걷어 찰싹찰싹, 깨달았니?

가벼워지자

겨우내 몸이 무거워졌나 봅니다
공부 욕심을 내다보니 몸속에 쌓인 게 많은 거겠지요
설맞이 단식을 준비하느라 징역 보따리 풀어 정리하는데
세월과 함께 늘어나는 짐들이 말 그대로 짐스러울 뿐입니다
조금만 더 불편하고 더 춥고 손발 부지런히 놀리면 되는 걸
가진 물건들이 자꾸 늘어만 갑니다

알몸으로 세상에 와서 몸 하나로 사랑하고 투쟁하다
맨몸으로 여기까지 왔는데, 언젠가는 알몸으로 다시 돌아가
세상에 나 살았다는 흔적을 되도록이면 적게 남기고
바람처럼 꽃잎처럼 가뿐히 떠나는 것인데

갈수록 무거워집니다
번잡하고 사나워진 세상에 너나없이 쫓기듯 뛰어들어
무섭게들 잘 살겠다 많이 벌겠다, 사는 게 죄이고 짐덩이입니다

나부터 덜 가지고 덜 망치면서
짐을 줄여 짐이 되지 말아야겠습니다
나이 들수록 더 작게 더 맑게 더 단순하게 가벼워져야겠습니다
한 마리 학처럼 훨훨 떠나가야겠습니다

일소가 고개를 돌리듯

겨울 정진 지나쳤구나
몇 밤을 앓고 난 여윈 몸으로
봄볕 좋은 흙마당에 나와 앉는다

꽃은 아직 멀었고
애기 쑥 냉이 순만 방긋
그만 눈이 젖어와 고개 돌린다

일소가 들녘으로 고개를 돌리듯
천천히 서울 쪽을 돌아다본다

묵묵히 되새김질하는 일소처럼
지난날을 새기며 앞날을 뚫어본다

발 밑을 돌아보라

흰 고무신 신고 흙마당을 달리다 아얏, 발 감싸 쥐고 주저앉는데
크게 밟혀오는 한 말씀이 있었습니다

조고각하照顧脚下!
발 밑을 돌아보라

절집 마루 기둥에 붙어 있는 '신발 정리 잘하시오'라는 경구인데
신발이 어지러운 집안에 살림과 정신이 바를 리 없듯이
일상생활 하나하나를 잘 살펴 올바로 행할 때
큰 정신이 성성하게 살아난다는 뜻이랍니다

앞만 보고 위만 보고 달려가는 하루하루입니다
내 노력과 내 능력으로 성공을 이루었다고 자부하는 우리들입니다
하지만 뿌리의 고투가 없이 꽃과 열매가 있을까요
여자의 희생 없는 성취가 있을까요
말 없는 다수의 상처와 열망을 딛고 서지 않은
잘남과 빛남이 과연 있을까요

한 걸음만 더 들어가면,
기름 먼지투성이 노동자를 통하지 않은

정보 지식 서비스 문화생활이 있는가요
흙투성이 농사꾼의 손을 빌리지 않은
도시의 편리한 세끼 밥상이 있는가요
제 몸을 기꺼이 바쳐주는 채소와 알곡들의 희생 없이
저 흙과 물과 바람과 햇살의 숨은 보살핌 없이
나라는 인간이 숨이나 쉴 수 있을까요

어디로 가고 있는지를 알려면
어디서 왔는지를 알아야 하듯이
우리가 딛고 선 발 밑을 돌아보고
큰 뜻이 뿌리 박고 있는
작은 일상생활과 사람됨을 돌아보고
토방 툇돌 위에 신발 정리 잘하듯
정직하게 자기 정리를 해야 할 때입니다

조심스레 땅을 짚고 일어서며
다시 내딛는 한 걸음 한 걸음,
정녕 떨리는 걸음입니다

풀꽃의 힘

반성문 한 장 쓰고 이번 기회에 나가셔야죠

말없이 빙그레, 웃음 주고 돌아와
사동 뒤 흙마당을 대빗자루로 씁니다

난 죄지은 게 없는데
누굴 죽이거나 해치지 않았는데
그러나 지난날이 사무쳐
스스로 침묵 절필 삭발의 겨울삶
이리 엄혹한 날들인데

난 전향할 필요도 없는데
좌에서 우로든 우에서 좌로든
외눈 이동은 헛되고 가벼운데
나는 지금 천 개의 눈, 천 개의 손,
처절하게 참구 정진 중인데

아 벽 타고 울려오는 옛노래가 있었어요
'무릎을 꿇고 사느니보다 서서 죽기를 원한단다'
거리의 군홧발 아래 구사대의 각목 아래

피 마르는 기나긴 수배길에서
지하 밀실 고문장의 비명 속에서
사형을 받고 무기징역을 받고
치욕의 하루하루를 살아가면서도
폭력과 불의 앞에서는 결단코
무릎을 꿇고 살아남지는 않겠다던 노래

갑자기 눈앞이 흐려옵니다
나가고 싶어! 그냥 나가고 싶어!
휘청 흔들리는 걸음 찬 벽에 손 짚고 가는데
반짝, 옥담 아래 쌀알 같은 풀꽃송이들
오 예뻐라!

나도 모르게 무릎 꿇고 허리 굽혀 들여다보았어요
이 험한 땅 그늘진 구석 자리에서
소리 없이 피어난 작고 여린 풀꽃들
놀라워라, 나를 무릎 꿇린 강렬한 힘!
한 시대의 거대한 폭력도 끝내 무릎 꿇리지 못한 나를
단숨에 끌어당겨 무릎 꿇게 한 풀꽃의 힘
이 지상의 가장 작고 여린 것들의 가장 힘센 당김!

반짝반짝 꽃 피듯 별 뜨듯 젖은 눈 맑아왔어요

다시 한 번 가만히 무릎 꿇고 절했어요

하심下心* 한 내 몸 그득히 차오르는

작고 여린 풀꽃들의 강인한 힘으로

두 무릎 튼실하게 일어서 앞을 뚫어보았어요

*하심下心 : 더없이 겸허하게 마음을 낮추고 비워내림

소중한 일부터

빠르고 복잡해지는 생활 속에서 시간관리의 핵심은
바쁜 일들을 우선 처리하는 것이 아니라
덜 급하나 소중한 일부터 먼저 하는 것입니다

빨리빨리 바쁘게 살고 열심히 노력하는 것도 중요하지만
가장 빠른 길은 방향을 바로 잡아나가는 것입니다

삶은 시간이기에 한정된 인생을 잘 산다는 것은
삶에서 가장 가치 있는 일부터 먼저 하는 거겠지요
여유가 생기면, 준비만 갖추면, 언젠가는 하면서
자꾸 미루다간 영영 못하고 맙니다
시간은 흐르고 모든 것이 변해가서
차츰 몸도 의지도 빛바래가고 맙니다
그게 인생입니다
그게 시간입니다

이렇게 시간에 쫓기면서 돈과 여유를 아무리 추구해봐도
결국은 아무것도 아니고 마는 경우가 대부분이지요
내 한 생의 겉돌기를 멈추고 곧장
삶의 핵심으로 들어갈 순 없을까요

내 인생의 가장 소중한 그 일을
지금 바로 시작할 순 없을까요

그대와 내가 처음 만났을 때를 생각하곤 합니다
우린 돈도 학벌도 신분도 조건도 다 제치고
오직 사람 하나 보고 맑은 눈빛 하나 보고
곧장 서로의 존재 깊은 곳으로 파고들었지요
참 맑고 뜨거운 절정의 시간이었지요
우린 세상의 가장 낮고 그늘진 현장에서
기다림 하나 키우며 살기로 했지요
그 약속 그 사랑으로 우리 여기까지 함께 와 있지요

나의 고객은 누구인가

고객만족 경영을 내건 어느 기업에서는
최종 결재란을 고객란으로 비워두었답니다
제품 개발이건 사업 승인이건 기업의 모든 활동은
고객의 선택에 의해 그 성패가 결정된다는 인식 때문이지요

복잡한 시장 변화와 치열한 경쟁의 현실도
오직 고객만 바라보고 나가면 산다는 믿음으로
고객과 멀어지면 끝장이라는 위기감으로
자신의 모든 생각과 실천의 초점을
고객의 마음과 일치시켜 나가겠다는 다짐으로
고객을 최고 결정권자로 모신 거겠지요

세상이 빠르게 변하고 있습니다
나도 그대도 현실도 변해갑니다
빠른 변화 속에서는 발빠른 움직임도 좋지만
결국 가장 빠른 것은 바른 방향대로 가는 것이 아닐까요

그대는 지금 누구를 향해 나가고 있습니까
누구의 마음을 헤아려 맞추어가고자 합니까
당신의 최종 결재란은 누구의 것입니까

오직 누구를 바라보고 누구를 좌표 삼아

이 거센 변화의 현실을 뚫어나가고 있습니까

이 닦는 일 하나

새벽에 일어나 맨 먼저 습관처럼 이를 닦다가 문득
이 닦는 일 하나가 예삿일이 아니라는 생각이 들었습니다

저 하늘에 까마득한 별빛처럼 우리 조상님들도 언제부턴가
염전에서 지고 온 소금을 손에 묻혀가며 이를 닦아왔겠지요
그리고 나이 들면서 치통을 앓았겠지요
이 단순한 칫솔 하나의 발명은 얼마나 큰 건강의 진보였을까요
평등 세상을 열망하듯 수평으로 치카치카
힘차고 시원스럽게 놀리던 칫솔질
그러나 삶이란, 인간이란 얼마나 복잡하고 섬세한 결인가요
천지간에 너와 내가 직립해 살듯
가지런한 이 하나하나를 정성껏 위아래로 닦아주는
치아 만족의 과학적 칫솔질을 새로이 학습했습니다

TV 광고처럼 첨단 생약 성분이 든 치약을 듬뿍 짜가지고
상쾌하고 세련된 칫솔질을 뽀드득 하고 난 뒤에
카악 뱉어낸 독한 치약 거품 한 모금을 정화시키는 데
무려 다섯 드럼의 맑은 물이 필요하답니다
그러니 이젠 뒤가 문제입니다
편리한 건 언제나 뒤가 문제입니다

문제는 결과에 대한 책임입니다

나는 이제부터 흰 독거품을 내뱉어야 하는 치약을 쓸 수 없습니다
첫새벽 몸 닦는 일부터 죄를 지을 수는 없으니까요
소금을 칫솔에 묻혀 위아래로 돌려주며
부드럽게 밀려왔다 밀려가는 파도처럼
자연생태와 내 몸의 원리에 맞는 방식으로
이를 닦기 시작했습니다

그런데 어느 날 이런 생각이 들었어요
왜 오른손인가?
왜 첫새벽부터 쫓기듯, 빠르게, 오른손으로만 닦는가?
그래서 또 다른 변화를 시도했습니다
빠르고 익숙한 오른손질에서 서툴고 느린 왼손질로
수십 년 된 고정관념과 굳어버린 몸 버릇을 바꾸기 위해,
퇴화해가는 왼손 기능을 격려하고 되살려가면서
칫솔을 왼손에 쥐고 천천히 위아래로 이를 닦으며
조급한 마음을 함께 닦아갑니다

내 하릴없는 작은 칫솔질 하나,

이 작은 몸생활 변화 하나하나가 다른 변화를 연달아 부르며
또 다른 나를 낳으리라는 어리석은 공상을 해봅니다

의식이 곧 행동이던 시대가 지나고 이제 나는
몸이 없는 의식, 몸이 없는 말들을 별로 믿지 않습니다
아무리 좋은 사상과 진보도 몸생활과 삶으로 피어나지 않는다면
그것은 오래가지 못하고 신뢰할 만한 것이 아니기 때문입니다
좋은 이념 좋은 세상이란, 좋은 삶과 좋은 몸생활 습관을
낳기 위한 도구에 다름 아닙니다
좁은 벽 속에서 살다 보니 이렇게 제가 참 쩨쩨하고 작아졌습니다
작아도 가치가 있다면, 작아도 사람을 바꿔낸다면,
때로, 작은 것이 아름답습니다

어떤 밥상인가

호오 호오 싫어 싫어 맵다고 도리질하는 아이에게
한사코 쌀밥 한 숟갈에 물잔에 씻은 김치를 입에 넣어주는
신세대 엄마를 바라보다가 그만 숙연해졌습니다

그래요 밥은 생명인데,
어떤 밥을 먹는가에 따라
그 사람의 몸과 성정性情과 앞날이 좌우되는데
밥은 끌어당김인데,
어디서 심어 어떻게 지은 밥을 누구와 함께 먹는가에 따라
삶의 목표와 정신과 줏대가 그리로 쏠리는 건데

아이야 너는 이 땅에 태어난 사람이야
지구 시대를 당당하게 살아가기 위해 너는 먼저
이 땅에서 살려지고 물려 내려온 우리 밥맛을 알아야 해
은근한 불로 끓이고 기다려 뜸이 잘 든 구수한 쌀밥과
갖은 양념에 정성껏 버무려 알맞게 익힌 김치와
오래 삭혀 깊은 맛이 우러난 된장 간장 고추장 맛을 알아야 해
입맛은 가벼운 시류에 따라 무책임하고 짧은 거지만
몸맛은 핏줄처럼 뿌리 깊고 정직한 것이야
세상에는 그저 달고 기름지고

시고 맵고 짜고 떫고 쓴맛만이 있는 게 아니라
그것들을 다 포용하여 잘 어우러지게 조화시켜
더 깊어지고 새롭고 오묘하게 승화된 맛, '삭은 맛'이 있는 거야
승화시킨 삶처럼, 창조적인 정신처럼
너는 쌀밥과 삭은 맛을 몸에 익혀 네 성정과 네 지성을
참되고 깊이 있고 섬세하고 참을성 있게 가꾸어야 해

인생이란 빵이나 피자나 햄버거처럼
즉석에서 빠르고 간편하게 먹을 수 있는
달콤하고 기름진 것만은 아니란다
어쩌면 우리 인생의 더 많은 시간이
시고 맵고 짜고 떫고 쓴맛처럼 괴롭고 슬픈 것인지도 몰라
인생에서 돈만 내면 곧바로 간편하게 취할 수 있는
그런 것들은 대개가 껍데기란다

가족에 대한 무한책임으로 정성과 사랑으로
심고 가꾸고 다듬고 익혀 차려낸 화목한 우리네 밥상처럼
돈으로 따질 수 없는 것들이 참된 것이야
아이야 네 인생의 작은 성취 하나 작은 기쁨 하나도
오랜 시간을 기다리고 노력하며

정성을 다 기울여 이루어낸 것들만이 참된 것이란다
쌀밥과 김치와 장맛으로 차려진 우리네 밥상처럼
삶의 고통과 슬픔과 상처를 끌어안고
치열한 투쟁과 묵상을 통해 승화시켜낸 창조만이
사랑하는 사람들의 피와 뼈로 가는 밥이 되는 거란다

너는 우리 선조들이 살아낸 저 깊은 정신과 삶의 유산을
날마다 이 땅에서 차려진 세끼 밥상을 통해
몸으로, 그래 몸으로 물려받아 이어가야 하는 거야
변화 빠른 21세기 지구 시대를 살아갈
너의 아름답고 건강하고 당당한 인생을 위해
오늘 너는 달콤하고 기름지고 간편하고 짜릿한
즉석 가공식품과 외국 음식들은
그저 짧게 입맛 달래는 별미나 간식으로나 하고
네 몸과 성정과 삶을 좌우하는 세끼 주식은
이 땅에서 기르고 익혀낸 우리 밥상으로 먹어야 하리라

'아무거나 잘 먹는' 사람이 되어선 안 돼
그건 먹을 것이 모자라던 생존 단계의 미덕일 뿐이야
아무거나 가리지 않고 잘 먹는 사람은

아무렇게나 되는 대로 살겠다는 것과 같아

식食은 명命이야, 밥은 목숨이야,
어떤 밥을 먹는가에 따라
그 사람의 운명이 저도 모르게 달라지는 거야
밥은 생명이고 끌어당김이기에
무얼 먹느냐에 따라 그리로 몸이 이끌리고
감성과 정신까지 이끌려가는 거야
잘못 길들여진 얕은 입맛을 넘어 몸맛으로,
몸이 진정으로 원하는 것을 올바로 잘 먹어야 해
많이 많이가 아니라 알맞게, 아름하게, 아름답게 먹어야 해
창자가 가난해야 뱃속이 환해지고
얼굴이 맑아지고 정신이 빛나는 거야

나는 오늘 네 밥상에서
너의 미래를, 너의 운명을 본다!

어떻게 사느냐고 묻거든

첫새벽에 일어나 무섭게 집중해 공부하고
사람 사는 데 하루 세끼도 많아 아침밥은 굶습니다
철마다 단식하고 기름지고 독한 것은 아예 피합니다
창자가 가난하니 한결 몸 가뿐하고 정신이 맑아집니다

온몸이 땀에 흠뻑 젖도록 좁은 운동장을 숨차게 달리고
다시 밤중까지 벽 앞에 좌정한 채 용맹정진합니다
뒤늦게 더듬더듬 외국어를 익히고 록과 R&B를 따라 배우며
지구 시대의 빠른 변화를 꿰뚫고자 먼저 나를 바꾸는 중입니다

아직도 가야 할 길이 있어 적막 옥중 몸부림이냐고
싸늘하게 보지 마십시오 의혹으로 보지 마십시오
한 번은 다 바치고 통절히 쓰러진 몸
다시 모진 겨울삶으로 나를 묻으며
나에게 허락하신 남은 날을 무장無藏한 삶으로
인생의 골수만을 파먹으며 진실의 속살만을 껴안으며
급변하는 흐름 속에서 변함없는 첫마음으로
오늘은 오늘의 현장 삶을 찾아가는 진리의 불덩어리로
더 깊고 더 치열하게 살아갈 것입니다

아아 가야 할 길이 멉니다

다시 한 번 새벽길 떠나야 합니다

20대에 수배길 떠난 제가 어언 불혹의 나이입니다

먼 길 가는 사람의 긴 호흡으로

나이 들수록 정신과 감성과 몸과 생활을 더 새롭게

더 간소하게, 간소하게, 간소하게!

줄 끊어진 연

한겨울 바람 맵차다
창살 너머 어둑한
빈 하늘 바라보는데
줄 끊어진 가오리 연 하나
뒤척이며 고행 중이다

스스로 인연 줄도 다 놓아버려
깊어가는 감옥이
조금은 적막하지만
한사코 붙들지 않으리
탓하지도 소망하지도 않으리

나 지금 줄 끊어진 연처럼
홀로 빈 하늘 떠도는 듯해도
나는 나대로 고독한 시간 속에
생명줄 팽팽한 치열한 날들

보이는 줄만 줄일까
제 손으로 거두어야만 삶일까
줄 없는 줄을 타고

허공찬 바람에 몸 던져주며
이렇게 날면 되는 것을

나는 홀로 날고 있다
내 목숨 같은 외줄을 끊고
살아있는 모든 것과
다시 이어지기 위하여
시대와 공회전하는 고투의 나날

마침내 내 인연의 때가 오는 날
줄 없는 줄을 통해
아직도 첫마음 밝혀든 그대에게
뜨거운 떨림으로 타전하리라

외줄의 때가 있고
거미줄의 때가 있고
희망의 줄은 이미
그대 속에서 이어지고 있고
좋은 세상은 이미
현실 속에 자라나고 있다고

밤새 거미 한 마리

제 몸속에서 투명한 줄을 뽑아

쇠창살에 잘 짜인 집을 짓더니

아침 햇살에 이슬 영롱한

팽팽한 거미줄망이 그대로 한 세계

내 삶의 안과 밖이 이어지는

관계 그물망이 그대로 한 세계

첫 발자욱

밤 깊도록 눈은 내려
새벽까지 눈은 내려

바람이 지나고는
발자욱 하나 없어라

흰 눈 쌓인 가슴들
떨며 기다리느니

흰 눈 위에
곧은 발자욱

붉고 푸른
첫 발자욱

내 삶 속의 삶

내 이념을 보지 말고 내 시를 보아주십시오
내 시를 보지 말고 내 삶을 보아주십시오
내 삶을 밀어가는 투혼을 보아주십시오
내 투혼의 푸른 불덩이 불덩이—
내 안에 말없이 빛나는 정직한 노동의 얼굴들

몸 하나의 희망

희망찬 얼굴을 만나기 어렵습니다
대안이 없다, 크나큰 위기다, 전망이 안 보인다,
모두들 길을 잃고 모두들 힘 빠지고
모두들 춥고 쓸쓸한 날들입니다
우리, 길을 잃어버렸습니다

길을 잃었다고 자기를 잃어버리지 마십시오
무엇에든 쉬이 놀라지 마십시오 쉬이 들뜨지 마십시오
자기 선 자리에서 현실에 충실하면서도
미래에 대한 모색과 살아온 날에 대한 정리와
자신을 성찰하는 일에서 균형감각을 놓치지 마십시오
상황이 어려울수록 조용한 자신감을 잃지 마십시오

때를 만나지 못하여 세상에서 뜻을 펴기가 매우 어려워질 때는
근본의 자리로 돌아가 뿌리를 깊숙이 내리고
어려움을 잘 견디어 몸을 보존하는 것이 참의 길이다
不當時命而大窮乎天下, 則深根寧極而待, 此存身之道也
— 장자莊子, 「선성편繕性篇」

몸이라니, 구차한 이 몸을 잘 보존하라니……
아닙니다 몸을 망치면 모든 것을 다 잃어버리는 것입니다
'내 큰 몸'인 세상을 푸르게 살려나갈

미래 희망의 씨알인 '내 한 몸'입니다

여기 검고 작은 꽃씨 하나가 그냥 씨앗이 아닙니다
지난 한 생의 비바람과 해와 달과 인연이
고스란히 응결된 미래 희망의 '꽃몸'입니다
그대 몸속에도 지난 시대의 모든 것이 들어 있고
다시 때를 찾아 싹이 트고 꽃 피어날 미래가 다 들어 있습니다

어려운 때일수록 근본 자리로 돌아가
뿌리를 깊숙이 내리십시오
하루하루 치열하게 기다림을 사십시오
멀리 내다보는 오늘을 사십시오

우리가 길을 잃은 것은 어찌할 수 없지만
자기를 잃어버리면 모든 것을 잃는 것입니다
우리가 때를 잃은 것은 어찌할 수 없지만
몸을 망쳐버리면 과거도 미래도 다 잃어버리는 것입니다
지금은 긴 호흡으로, '몸 하나의 희망'입니다

젖은 등산화

언젠가 어떤 사진 한 장을 보고
얼어붙듯 묵상에 잠긴 적이 있었습니다
등산화를 가슴에 꼬옥 끌어안고 얼어 죽은 등반대의
처절한 죽음을 기록한 한 장의 사진이었습니다

얼음 산에서, 머리카락도 수염도 허옇게 얼어붙은 얼굴로
하나같이 등산화를 가슴에 꼭 끌어안고
나란히 얼어 죽어간 등반대원들의 모습
장엄한 순교자의 모습으로 다가온 그 보도사진 한 장이
많은 시간이 지난 지금까지도 문득문득 떠오르곤 합니다

지금 우리도 저마다 어딘가를 향해 오르고 있고
그 길에서 죽어갑니다
내일, 또 내일, 내일 아침이면 우리도 죽어 있을 것입니다

나, 무엇을 가슴에 꼬옥 끌어안고 죽어 있을 텐가!

준비 없는 희망

준비 없는 희망이 있습니다
부단한 정진으로 자기를 갈고닦아
저 거대한 세력을 기어코 뛰어넘을
진정한 자기 실력을 준비하지 않는 자에게
미래가 없습니다 희망이 없습니다

희망 없는 준비가 있습니다
존재하는 모든 것은 변해가는데
세상과 자기를 머릿속에 고정시켜
현실 없는 준비에만 몰두하는 자에게
미래가 없습니다 희망이 없습니다

굽이 돌아가는 길

올곧게 뻗은 나무들보다는
휘어 자란 소나무가 더 멋있습니다
똑바로 흘러가는 물줄기보다는
휘청 굽이친 강줄기가 더 정답습니다
일직선으로 뚫린 빠른 길보다는
산 따라 물 따라 가는 길이 더 아름답습니다

곧은 길 끊어져 길이 없다고
주저앉지 마십시오
돌아서지 마십시오
삶은 가는 것입니다
그래도 가는 것입니다
우리가 살아 있다는 건
아직도 가야 할 길이 있다는 것

곧은 길만이 길이 아닙니다
빛나는 길만이 길이 아닙니다
굽이 돌아가는 길이 멀고 쓰라릴지라도
그래서 더 깊어지고 환해져 오는 길
서둘지 말고 가는 것입니다

서로가 길이 되어 가는 것입니다
생을 두고 끝까지 가는 것입니다

세 발 까마귀

세 발 까마귀

고구려 무덤 벽화에서 까악—
천 년의 시공을 뚫고 날아온 세 발 까마귀 한 마리
시뻘건 아침해 속에서 나온 검은 새라서
고구려인들은 희망의 새로 우러른 걸까요

세상 모든 것들은 둘로 짝을 이루는데
사람도 새도 두 발인데
세 발 까마귀
또 하나의 발은 착각인가요 관념인가요
아니, 저 세 번째 발은 두 발의 긴장으로 새로운 하나를 낳는
다시 시작하는 발, 미래의 발, 창조의 발, 없음으로 있는 발,
두 발 속에 저리 분명한 또 하나의 발이 있어 내일을 여는 겁니다
치열한 두 발의 맞섬과 교차 속에 참된 진보의 발이 나오는 겁니다

사람들은 '아직도' 이렇게 묻습니다
"아직 사회주의자입니까?"
나는 정직하게 대답합니다
"예!" "아니오!"
당신은 쉽게 물을지 몰라도
나는 지금 온 목숨으로 대답하는 겁니다

나에게 예스냐 노냐, 둘 중 하나, 유일사상을 찍으라고

언젯적 흑백 시험지 한 장 들이대지만

흑과 백 사이가 하늘과 땅만큼 광대무변하여

온갖 빛깔 어우러져 생동하는 삶과 현실이

저마다 살아 흐르며 이어진 온몸의 우주 춤인 걸……

저기 앞서 나아가는 발걸음 위로

낡은 흑백 종이 한 장 힘없이 떨어집니다

자본주의가 삶의 본연本然이라면

사회주의는 삶의 당연當然이 아닌가요

삶의 본연을 긍정하지 않는 사회주의가 진보할 리 있겠습니까

삶의 당연을 품에 안지 못한 자본주의가 진보할 수 있겠습니까

이상을 갖지 못한 현실이 허망하듯

현실을 떠난 이상도 공허한 거지요

삶과 인간과 현실 변화를 있는 그대로

볼 수 있는 밝은 눈을 얻기까지

나는 '아무 주의자'도 아니고 동시에 '모든 주의자'입니다

나는 지금 분명히 '한 생각'을 다듬고 있습니다

자본주의와 사회주의의 양극단을

내 온 삶으로 끝간 데까지 밀고 나가
정직하게 몇 번씩 목숨을 던져주며
처절하게 참구해온 한 생각을 가다듬고 있습니다

그러나 이젠 말로 주장하지 않겠습니다
변화한 현실 속에서 내가 먼저 그것을 살아냄으로
좋은 생각이 좋은 삶을 낳을 수 있음을 증거하겠습니다
굳이 당신이 요구하는 '……주의'의 사고틀로 말하라면 나는
비사회주의 탈자본주의 친생태주의 친여성주의라고 해두지요
그래서 나의 대답은 "예" "아니오"인 것입니다

나는 흑이면서 백이고, 흑과 백의 양극단의 떨림 사이에서
온몸으로 밀고 나오는 까마귀의 세 번째 발입니다
중간 잡기가 아닙니다 흑백 섞은 회색이 아닙니다
흑과 백 사이의 오색 찬란한 무지개빛이고 푸르른 산내들입니다

까악—
핏빛 첫울음으로 어둠을 찢고
시뻘건 아침 햇덩이 속에서
검은 점 하나로 날아오는 세 발 까마귀

다시 시작하는 발, 또 하나의 발, 우리 희망의 발이여!

삶의 신비

현실은 나의 스승

패배는 나의 깨침

슬픔은 나의 정화

고통은 나의 창조

겨울은 나의 투혼

새벽 슬픔

창살 너머 산새 지저귀는 소리와 함께 잠에서 깨어납니다
새벽 찬물로 얼굴을 씻고 벽 앞에 앉아 숨을 고릅니다
아랫배가 먼저 깨어나 팽팽한 시위를 당기면
생각은 과녁을 향해 집중합니다

선명한 과녁이 사라져버린 시대
과녁이 도처에 어른거리는 시대
눈빛 푸르지 않으면 한순간 길을 잃습니다
사물을 전체로 보면 그 눈이 화살이 됩니다
현실을 있는 그대로 보면 그 눈이 새 길이 됩니다

숨가쁜 변화가 세계에서 한반도로, 한반도에서 세계로
돌고 돌아 흔들리는 우리 민족은 지금
한말韓末의 대격변 이후 처음 맞이하는
'크나큰 변화'와 '크나큰 위기' 앞에 처해 있습니다

발도 손도 펜도 모두 묶인 채 벽 속에서 국내외 신문 잡지와
책과 자료더미를 빠르게 훑어가며 눈 힘 모아 추적합니다
중대한 사건들 속에 숨은 진실과
흩어진 시대 변화의 대맥을 짚어가며

읽고 생각하고 읽고 그려보며
혼신을 다해 한 생각을 다듬어갑니다

'눈은 종이를 뚫는다'
아니, 눈은 벽을 뚫는다

아, 지금 누구 하나 찾지도 구하지도 받아주지도 않는 한 생각을
이렇게 피가 마르도록 참구해서 무얼 한단 말인가
문득 새벽 한기에 으스스 몸 떨며 슬픔에 눈을 감습니다
다들 흩어져버린 개인의 시대에 벽 속 정진 길이 조금은 고독합니다

어제 읽은 충무공의 난중일기 한 구절,
감옥에서 풀려나 겨우 목숨 하나 건진 이순신이
멀리 파도 넘어 막강한 왜적의 대공세를 홀로 꿰뚫어보며
아무 권력도 병사도 없는 백의종군의 처지에서 적어놓은 그의 심정이
이 새벽, 홀로 벽 앞에 앉아 종이를 씹어 코피를 막고 있는 나의 심정
그대로 사무치게 울려옵니다

"1597년 6월 어느 날—
비가 내렸다. 아침에 일어나 불화살을 다시 다듬었다."

불변의 진리

모든 것은 변화한다
게으르지 말고 정진하라
— 부처 최후의 말씀

살아있는 모든 것은 변하는 게 숙명이어서
변치 않는 유일한 진리는 오직
모든 것은 변한다는 사실뿐이어서
나는 진실로 경계하는 거야

자신을 변화시켜 미래 희망을 키우지 못하는
변하지 않는 그 노래 그 몸짓 그 목소리를
불변하는 것들 안에 든 치명적인 독소를
눈 맑게 뜨고 경계하자는 거야

이렇게 빠른 시대 변화 속에서
결코 변해서는 안 될 것을 지키기 위해
우리가 앞서 적극 변화하지 않는다면
스스로 변질되고 마는 거야 저렇게

우리가 먼저 날로 새로워지지 않는다면
스스로 무너지고 마는 거야 그렇게

현실 공부

현실은 나의 스승입니다
— 덩샤오핑

우리가 언제 현실을 공부할 여유가 있었던가
현실은 어둠이었고 눈물이었고 적이었을 뿐
현실을 있는 그대로 보지 못해 현실에서 쓰러진 나
다시 무릎 꿇어 현실을 공부합니다

현실에는 우리만 있는 게 아닙니다 상대가 있습니다
상대를 있는 그대로 인정하지 않는다면
우리가 딛고 선 현실이, 변화의 방향이
있는 그대로 보일 리가 없습니다
상대가 차지한 현실 자리만큼 그 안에 숨은
진실이, 민심이, 미래가 보이지 않는 것입니다
우리의 진실이 우리 것이 아니듯
적에게 든 진실도 그의 것이 아닙니다

주관 섞인 눈으로 현실을 바라보던 때가 있었습니다
희망 섞인 눈으로 현실을 해석하던 때가 있었습니다
이념으로 현실을 바라보고 옳음으로 현실을 밀어붙이고

순수한 열정만큼 절대선과 절대악으로 가르던 때가 있었습니다
그때는 그것이 불가피한 시대였습니다
그러나 급변한 현실은 냉엄하게
현실 변화에서 동떨어진 꼭 그만큼 무너뜨렸습니다

현실을 바로 보는 것처럼 어려운 것이 없습니다
정직해야 하기 때문입니다
정직의 다른 이름은 비참입니다
나를 들여다보니 비참하고 비참합니다
하지만 나를 알아가니 나로 미루어
당신을, 인간을, 사회를 비로소 알듯합니다

현실에서 적이란 실상 스승이기도 합니다
나는 변함없는 나의 적들에게 무릎을 꿇고
그들이 담아낸 현실을 배웠습니다

더듬더듬 외국어를 익히기 시작하니 세계가 성큼 다가옵니다
서태지와 록과 R&B를 따라 부르니 신세대가 성큼 안겨옵니다
감옥 속에서 수인들과 먹고 자고 살아보니 생활민중이 성큼 걸어옵니다
보수의 두뇌인 조선일보를 뚫어지게 보니 현실이 성큼 들어옵니다

자신이 얼마나 뒤떨어져 있는가를
바로 보는 데서 희망은 시작됩니다
그렇습니다 희망은 바로 보는 것입니다
나를 알고 상대를 알고 세상을 바로 보니
아, 희망입니다 눈물 어린 희망입니다

나는 생활민중 앞에 무릎 꿇고 이렇게 다짐했습니다
"그동안 잘못이 많았습니다
아무것도 탓하거나 변명하지 않고
정직하게 무너지고 깨어지겠습니다
현실을 바로 보는 데서 다시 시작하겠습니다"

현실은 나의 스승입니다

눈은 상식을 뚫는다

우리 사회에서 가진 게 없다는 건
봉급이 적다거나 수입이 적다는 뜻이 아닙니다
부유하다는 말의 반대말이 아닌 것입니다
힘이 없다는 뜻입니다
이 나라 어디서나 통하고 누구나 알아주는
입법 사법 행정 언론에 걸친 힘,
그 힘이 없다면 있어도 가진 게 없는 것입니다

우리 사회에서 서울대, 명문대를 나왔다는 건
지성이 높다든가 전문지식이 많다는 뜻이 아닙니다
못 배웠다는 말의 반대말이 아닌 것입니다
줄이 있다는 뜻입니다
이 나라 각계 권력 상층부로 깔려 있는 출세 고속도로
여야 보수 진보 할 것 없이 서로 밀어주고 키워주는 연줄,
숨은 신분 계급제의 작위를 얻는 것입니다

우리 사회에서 전라도 출신이라는 건
상공업 중심지가 아닌 농촌 출신이란 뜻이 아닙니다
서울내기의 반대말이 아닌 것입니다
불온하다는 뜻입니다

뭔가 한 맺히고 천민적이고 저항의 피가 흐르고 있어
그 앞에선 학력도 능력도 인품도 소용없는 차별대우의 상징,
연변이나 북한 동포처럼 내부 식민지 출신이라는 것입니다

우리 사회에서 영어를 잘한다는 건
외국어라는 정보 수단을 하나 더 가졌다는 게 아닙니다
세계 권력과 통한다는 뜻입니다
이 나라의 정치 군사 경제 문화를 실질적으로 좌우해온
본토 권력과 통하고 그들의 선택을 받을 수 있는 기본 자격증
그거 하나로 모든 교양과 미의식과 선진성을
단번에 보증받는 화려한 후광의 신분 언어,
제국의 통치력과 가치관이 내면을 관통했다는 것입니다

우리 사회에서 보수주의라는 건
전통 가치와 생활 윤리를 중시한다는 뜻이 아닙니다
극우세력이라는 뜻입니다
분단구조 아래서 피 묻은 반공의 칼날 하나로 지금껏 누려온
엄청난 기득권을 내놓지 않겠다, 죽어도 돌려주지 않겠다고
각계 각부문의 권력 진지에서 결사항전하는
부패한 수구 세력의 화려한 입간판인 것입니다

숨은 제도

아직도 이 땅에서 "더불어 함께"를 말하는 사람은
눈먼 자이거나 위선자일 거예요

이미 그렇게들 잘 살고 있지 않나요
힘 있고 돈 많고 잘 나가는 사람들은
끼리끼리 벌써 그렇게들 하고 있지 않나요
그래서 세상이 이리 문제투성이 아닌가요

재벌 권력층은 자기들 끼리끼리
부자들 교회와 절집들은 자기들 끼리끼리
또 중산층은 같은 부류 끼리끼리
더불어 함께 살다 못해 핏줄을 맺고
서로 더 나누고 섬기지 못해 안달하지 않나요

서울대 유학파 명문대 출신끼리는
보수 진보 가릴 것 없이 인맥을 타고 넘어
'우리가 남이가' 끌어주고 키워주고
그렇게 잘 나가는 사람들끼리는
"더불어 함께" 잘들 살아갑니다

자기들보다 힘없고 가난하고 기타인 사람들
한 하늘 아래 있어도 별 볼 일 없는 인종들과만
더불어 함께 안 살고 있을 뿐이지요
심지어 진보적이라는 이들마저 그렇지요

시대가 변하면 이념도 가고 열정도 가고 사람도 변한다지만
영원한 것은 돈과 힘이고 이 땅에서 그것은 결국 연줄인가요
30년밖에 못 간 군사독재보다, 눈에 드러나는 분단구조보다,
더 끈질기고 공고한 게 이 숨은 신분제만 같습니다

물질 소유만이 기득권이 아닙니다
보이는 것만이 구조악이 아닙니다
지금 내가 일상에서 누리는 숨은 기득권이
연줄에서 벗어난 이들에게 그늘을 드리우고
소리 없는 신분제를 유지시키는 것이라면
그것은 죄악의 네트워크입니다

기본적인 공정 경쟁의 질서조차 지키지 않는
이 땅의 낡아빠진 숨은 기득권 위에서
좋은 세상을 자기 존재로 가로막는 자가

입으로 진보를 달고 다닌다면
좋은 세상이란 정녕 무엇일까요
아 사랑도 이념도 시대조차 초월하는
이 '숨은 구별짓기'가 나는 끔찍합니다

"더불어 함께"를 말이 아니라 온몸으로 실천하며
보장된 미래를 다 버리고 노동 현장으로 '존재 이전'해와
학벌이 아닌 동등한 인격으로 서로 친구가 되어
좋은 세상을 자기 삶으로 증거해 보이던 나의 대학생 친구들,
첫마음 환히 부시던 그대 안의 그대가 그립습니다

부패의 향기

한참 신문을 보는데 창살 너머
아침 마당가 두엄더미에서
모락모락 훈김이 오른다
거름 내음이 그리 싫지 않다
무엇이든 잘 썩으면 저렇게
미래의 향기가 난다

큰직한 신문 활자 사이사이
세상이 온통 부패투성이

썩어라, 팍팍 썩어라
구석구석까지 썩어라
기왕 썩는 것
돈과 힘의 심장부까지 썩어라

깊이깊이 썩어야 푸른 내일이 오지
속속 잘 썩어야 순정한 새날이 오지

삼수갑산三水甲山

삼수갑산에 가고 싶습니다
정녕 얼마나 멀고 험한 곳이기에
한 번 가면 영영 돌아오지 못한다는
불귀不歸의 유배지이기에
삼수갑산 갈지라도, 삼수갑산 갈지라도,
폭정에 맞선 의로운 가슴들의
단호한 입노래가 된 것일까요

아, 삼수갑산이 여기 있습니다
한 번 들어서면 검은 머리로는
끝내 살아 돌아오지 못하는 곳
5년이 10년, 20년, 43년 되고 마는
분단 시대의 잔인한 블랙홀
이제 더는 누구도 기억하지 않는 듯
더는 시대의 양심도 희망도 되지 않는 듯
첩첩 험산 겹겹 센물보다 더 멀고 깊은
육중한 벽 속 살아있는 무덤
오늘은 오늘의 삼수갑산이 여기 있습니다

오, 삼수갑산이 거기 있습니다

삶의 외피만 살아 번쩍이는 곳
문득 사람이 사라져버린 곳
욕망이 욕망을 잡아먹는
자본 권력 시대의 빠름의 블랙홀
첫마음 잃어버린 눈먼 그 빛 속에
영영 인간의 자리로 돌아오지 못하는
무한경쟁으로 치달리는 그 자리
오늘은 오늘의 삼수갑산이 바로 거기 있습니다

그들의 실패
역사공부 1

힘 있는 일을 하기 위해서는
힘 있는 곳으로 가야 한다며
그들은 호랑이 굴로 걸어 들어갔습니다
그리고 끝내 호랑이를 잡아탔습니다

세상은 그들을 주목하며 환호했고
남은 자들은 지혜도 용기도 없는 바보,
그래요 바보가 되고 말았습니다

그들은 차츰 호랑이를 닮아가더니
호랑이 생각대로 업혀다니고 끌려다니다
그만 하루아침에 굴러떨어지고 말았습니다
잡힌 것은 호랑이가 아니라
바로 그들 자신이었습니다

그들은 꼭 성공해야만 했습니다
정말이지 우리를 위해서라도
꼭 성공해야만 했습니다
그들의 실패는 우리 모두의 불행이었지만
우리의 미래를 위해서는 다행이었습니다

눈앞의 승리에 미쳐서건

잡고 나면 보여주겠다는 자신감이건

한평생 자신을 믿어주고 키워온

가난하고 힘없는 사람들을 저버린 그들이

보란 듯이 호랑이 잡아타고

좋은 세상을 이루어낸다면

이 세상에 정의란 대체 무엇일까

우리 아이들은 대체 무얼 배울까

우리의 미래는 정녕 어찌될까

오만과 독선에 차 있던 그들을

호랑이 등에서 끌어내린 것은

그들이 힘없다고 무시한

일하는 현장 사람들이었습니다

호랑이를 잡을 수 있는 힘과 지혜는

오직 힘없는 듯한 민중에게서 나온다는 것

민중의 마음은 당장의 이익과 성과로

살 수 있는 짧은 계산법이 아니라는 것

그들이 잊은 것은 바로 그것이었습니다
그들이 지은 죄는 바로 그 망각이었습니다

그들의 실패는 우리 모두의 불행이었지만
우리의 미래를 위해서는 정말 다행이었습니다

머리
역사공부 2

"머리는 빌리면 된다"고 큰소리친 그는
남의 머리를 빌리는 데 성공하지 못하여
결국 잘 나가던 인생을 망치고 말았습니다

그가 한 말은 정말 옳았습니다
변화 빠르고 복잡해진 세계에서는
혼자 머리보다는 전문가 네트워크가 더 효율적이니까

그러나 불행히도 그에게는
남의 머리를 빌릴 수 있는 머리가 없었습니다
어디에 뿌리박은 누구의 머리를 빌려야 하는지
지금의 시대가 어떤 머리를 빌려야 할 때인지
판단하고 선택할 수 있는 자기 머리가 없었던 것입니다

아니 그의 머리는 온통 현실 승리에만 사로잡혀 있었기에
그가 빌릴 수 있는 머리는 그런 무리의 머리밖에 없었습니다
바람 찬 들판을 달리며 별이 빛나던 그 감感 좋던 머리는
하루아침에 기습공격하듯 부잣집 정원으로 옮겨가면서
그만 감마저 시들어버렸기 때문이었습니다

시리게 빛나던 들판의 모든 별들이
그의 곁을 떠나버리자 그는 추락했습니다

민중 속에서 빛나던 머리는 민중을 떠날 때
그 지혜도 감도 함께 버려진다는 것을
뜻을 함께하지 않는 머리는
아무리 좋아도 별 소용이 없다는 것을
알 수 있는 머리가 그에게는 없었던 것입니다

째깍 째깍 째깍

멀리 내다보는 눈으로

다시 한 번 돌아보십시오

앞만 보고 달려가는 등 뒤를

다시 한 번 돌아보십시오

돈과 권력과 영합으로

승리를 쟁취한 자의 등 뒤에는

째깍 째깍 째깍 째깍

시한폭탄이 장착되어 있습니다

역사 앞에서

역사를 공부하면 할수록 그 엄정함에
자세를 가다듬곤 합니다
역사 앞에서는 그 사람과 집단의
처음이 나중을 결정하는 것이 아니라
나중이 처음을 결정한다는 것입니다

일제하에서 친일을 하다가 뉘우치고
독립운동으로 생을 마감한 사람은 용서받을 수 있지만
한평생을 독립운동에 몸 바치다가
막바지에 친일한 사람은 영영 용서받을 길이 없습니다

역사는 무서운 것입니다
당신의 사정이 어떠하든
역사는 우리의 죽음 이후까지를 시퍼렇게 기록합니다
오늘 현실의 승리자가 되었다고 함부로 살지 마십시오
오늘 현실의 패배자가 되었다고 함부로 걷지 마십시오

역사는 무서운 것입니다
우리가 앞으로 어떻게 살다 죽는가가 더 중요합니다
처음이 나중을 결정하는 것이 아니라

나중이 처음을 결정한다는 것을 잊지 마십시오

두 손으로 얼굴을 가리웁니다

먼 이국땅에서 날아온 생각지 못한 편지 한 장 받아들고
겨울 긴 밤을 벽 앞에 앉아 떨고 있습니다
치열하게 순명하며 어두운 시대를 길 터 나온
환갑이 넘은 신부님의 내밀한 고백 앞에
저 몸 둘 바를 몰라 묵묵히 눈 감고 앉아 있습니다

부끄럽습니다
살아 있음이 이리 큰 부끄러움인 줄은 차마 몰랐습니다
스스로 붓을 꺾고 검은 머리 삭발하고 침묵 속에 삽니다
옥문 열려도 이 상처 깊은 몸 안에
겨울이 차고 어둠이 익어 오르기 전까지는
신부님, 저 돌아가지 않겠습니다

옛 패장은 살아남아도
하늘 우러러 스스로 목숨을 끊었거늘
한 시대의 끝간 데까지 온몸으로 밀고 나간 제가
절대진리인 양 믿고 주장했던 것들이 이렇게
현실에서 무너지고 깨어져 나뒹굴 때에
절망입니다
하지만 저에겐 절망할 자유마저 없기에

겨울삶 속에 저를 파묻고
이렇게 홀로 정진의 나날이지만
낡은 창을 파고드는 한풍처럼
부끄러움은 피할 수가 없습니다
시려운 등 너머로 지나온 발자국들이
발 부러진 자라 걸음처럼 어지럽고
신부님, 돌아보면 돌아볼수록 쓰라립니다

세상은 제가 생각하는 것보다
훨씬 더 무장하고 무상한 것
그래서 먼지보다 더 겸손하지 않고서는
하늘 뜻 한 자락도 헤아릴 수 없다는 것을,
자기 시대에 승리를 욕망하지 않고
영원한 현실 패배자로 기꺼이 몸 바치는
저 먼 길 가는 사람의 맑은 눈이 아니고는
남은 희망마저 지펴낼 수 없음을
신부님, 이제서야 알 것만 같습니다

잔인한 시대의 아가리에
몇 번이고 자기 몸을 던져주던

철저하게 무너지고 깨어져
진정 삶의 두려움이 무엇인지를
역사의 두려움이 무엇인지를
아아 몸 바친 남자의 눈물이 무엇인지를
제게 가르쳐주신 신부님 신부님
제 자신을 아무리 돌아보아도
참사람다운 구석 하나 없어
두 손으로 얼굴을 가리웁니다

고난은 자랑이 아니다

고난은 싸워 이기라고 주어진 것이 아닙니다
역경은 딛고 일어서라고 있는 것이 아닙니다
좌절은 뛰어넘으라고 던져진 것이 아닙니다

맑은 눈 뜨라고!

고통을 피하지 말고
고통에 맞서 싸우려 들거나
빨리 통과하려 하지 말고
오히려 고통의 심장을 파고들어
그 안에 묻힌 하늘의 얼굴을 찾으라고

고난을 살아낸 그대여

그것은 장한 인간 승리이지만
다시 무너지고 깨어져내려 맑은 눈 뜨지 못하면
먼지만큼 작은 자신의 참모습을 보지 못하면
내세운 말 속에 숨어 있는 욕망을 보지 못하면
고난을 뚫고 나온 자랑스러운 그대 역시
또 하나의 덫입니다 슬픔입니다

고난을 온몸으로 끌어안고 승화시켜
생의 가장 깊은 절망과 허무의 바닥에서
맑은 눈으로 떠오른 사람이 아니라면
우리 앞을 비추이는 희망의 사람이 아닙니다

행여 제가 고난받았다고 얼굴을 들거든 침을 뱉어주십시오
고난받았기에 존경받는다면 그것은 나의 치욕입니다
슬픈 일이지만, 고난이 나를 키웠고 고난이 나를 깨쳤고
고난 속에서 나는 사랑을 배웠고 그대를 만났습니다

아아 나에게 고난은 자랑이 아니라
참혹하게 아름다운 슬픔입니다

결과에 대한 책임

불같은 그 열정
강고한 목소리들
그 많던 혁명가들은
다 어디로 갔는가

참혹한 패배를 품고
침묵 절필 삭발 정진 길에
내가 이대로 죽는다면
내 눈을 감기지 마라

내 죄와 책임을 다하지 못한다면
나는 죽어도 눈을 뜨고 죽을 것이니

적은 나의 스승

그가 진정 신뢰할만한가를 판단할 때
그에게 진정 미래가 있는가를 판단할 때
자신의 적을 어떻게 대하는가를 보면 됩니다

적이라고 아예 보지 않으려는 자에게는 미래가 없습니다
적은 쳐다보지도 말아야 할 악이자 타도의 대상만이 아닙니다
자신이 담고 있는 진실과 미래가 자신의 것이 아니듯
상대가 담고 있는 진실과 미래도 상대의 것이 아닙니다

설령 그가 지금 아무리 힘이 없고 소수이고 거칠지라도
그만이 딛고 선 현실과 민심이 있는 법입니다
그만이 품고 있는 미래와 진실이 있는 법입니다
하물며 현실의 대세를 가진 상대는 말할 것도 없습니다

적은 진정한 자기 실력으로 품고 넘어서야 할
엄정한 현실이자 경쟁자이기도 합니다
적은 늘 나를 긴장하게 하고 분발하게 하고
눈을 뜨고 정진케 하는 스승이기도 합니다

적 앞에 나를 세우고 비판의 화살을 맞아내지 않을 때

진정한 자기 쇄신은 이루어지지 않습니다
적을 고정시켜 보는 자에게는 미래가 없습니다
살아 변화하는 적을 바로 보지 못할 때
살아 변화하는 현실도 바로 볼 수 없습니다
쉼 없이 움직이고 흩어지고 합쳐지며 어른거리는 과녁을
머릿속에 고정시켜 놓고 쏘는 자는
결국 자기를 쏘아뜨려 적을 강화시키는 것입니다

이 빠른 변화 속에서 진정 변해서는 안 될 것을 지켜가려면
변화하는 적보다 앞서 변화해야 합니다
누가 더 변화하는 현실을 바로 보는가?
누가 더 자기의 옳음을 현실 변화에 맞추어내는가?
누가 더 변화하는 민중의 마음에 가까이 다가서는가?
전쟁 같은 경쟁을 해야 할 때입니다

적은 나의 스승입니다
나는 적에게서 치욕과 아픔으로 배워가고 있습니다
이 치욕, 이 아픔, 이 비참만큼 눈 맑아지고
아, 푸른 새벽길이 보이기 시작합니다

10년 후

민주노총이 출범하던 날 독방 벽 앞에 앉아 조용히 울었습니다
노조라는 말만 입에 올려도 빨갱이로 내몰리고
한국에서 노조라는 합법적 틀은 아예 불가능한 거다, 아니다,
밤을 새워 토론하던 80년대가 엊그제 같은데
전두환 노태우가 구속되던 날도 새벽에 일어나 조용히 울었습니다
우리가 폭도로 내몰리던 진실이 이 정도로 밝혀지는 데
불과 10년, 10년 세월입니다

이만큼이나마 세상이 좋아지기까지
먼저 죽어간 친구들 살아남은 친구들
우리들 정말 애 많이 썼구나 다들 작은 몫을 해냈구나
빠른 화면처럼 흘러가는 그 시절 그 얼굴들이 떠올라
가만히 눈을 감고 울었습니다
10년, 겨우 10년 안에 민주노총이 서고 전, 노가 구속되고
세상이 이리 바뀌리라곤 차마 내다보지 못했습니다

온 세계를 샅샅이 뒤져 막대한 정보를 수집한 안기부도 CIA도
재벌 기획실도 언론사도 예언가도 그 누구라도
10년 후, 겨우 10년 후라고는 상상하지 못했습니다
이렇게 빨리 올 줄은 정말 아무도, 아무도 몰랐습니다

삶은 그런 것입니다 진실은 그런 것입니다
새벽은 이렇게 도둑같이 오는 것입니다
우리 모두의 아픔과 슬픔과 헌신이 모여
이렇듯 꿈만 같은 역사를 이루어가는 것입니다

10년 후, 다시 앞으로 10년 후를 생각해봅니다
오늘의 이 혼돈 이 방황 우리의 이 고뇌 이 선택은
또 얼마나 빠르게 어떻게 드러날까요
그 누구도 알지 못하고 그 아무도 상상 못한 채
도둑같이 올 10년 후의 오늘!

하루하루 가차없는 시간의 공격에
푸른 자기를 파괴당하고 사는 나와
하루하루 치열한 기다림으로
더욱 새로워지고 깊어지는 나와
10년 후
다시 오늘처럼 조용히 흐르는 눈물로 마주하게 될
10년 후

사는 데 도움이 안 된다면

'의식'이 곧 '행동'이던 때가 있었습니다
무슨 책을 보고 무슨 말을 하고 무슨 주의자이고
어느 권에 소속되었는가만 보면
그 사람과 삶이 환히 보이던 때가 있었습니다
그것이 옳으면 당위라면, 그렇게 살지 못함을 괴로워하던
의식과 행동이 곧바로 몸통하던 시대였습니다

이제 의식은 '이익'을 통해야 행동이 됩니다
옳은 방향이라도 이익의 다리를 두드려보고야 건너고
사는 데 도움이 되어야만 몸이 움직입니다
아무리 좋은 의식도 몸통하지 않으면 소용이 없습니다
내 마음을 울리고 내 몸을 울리는 감동이 없으면
이익에 쫓기는 자신과 현실을 돌아볼 수도 없습니다

그렇습니다 의식은 사는 데 도움이 되어야만 합니다
진리와 이념은 내 삶에 이익이 되어야만 합니다
눈앞의 잔 이익을 뚫고 크고 멀리 가는 이익에 눈 뜨게 하고
통박을 좀 크게 굴릴 줄 아는 밝은 눈이 되어주어야 합니다
사는 데 도움 안 되는 이념이거나 진보운동이라면
그건 시대 변화와 생활민중의 진보성을 따라가지 못하는

낡은 순수성, 실은 보수성에 뿌리박은 것에 지나지 않습니다
어떤 진리나 이념도 좋은 삶을 창출하는 도구에 다름 아닙니다
삶과 사람과 몸생활이 본체라는 말입니다

이제 나는 그가 무슨 주의자고 무슨 주장을 하고
과거 출신이 어떤가 하는 것은 참고로 삼을 뿐입니다
지금 그가 살아가는 삶의 자리와 몸생활과
사람 자체를 더 소중히 바라봅니다
이익 따로 이념 따로 생활 따로 노는 사람들
정치의식과 주장은 분명 진보인데
감성과 생활문화와 인격은 보수투성이인 사람들
생각은 모난데 행동은 둥근 사람들
그런 사람들을 나는 믿지 않습니다

이 땅에서 천 년이 넘도록 불교가 성성한 까닭을 아십니까?
부처님 말씀이 진리라서 절집 건축이 예술적이어서
나라 신앙으로 받들어와서일까요?
바로 청정수행하는 출가승들이 살아 있기 때문입니다
날마다 동냥밥을 먹고 청빈하게 수행하며
오직 삶의 근본 목적인 영적 진보를 위해 투신하는

눈 푸른 스님들의 발길이 이 산하와 동네 골목길에

끊이지 않았기 때문입니다

아무리 부처님 예수님 말씀이 진리여도 우리가 언제

그 경전을 연구하고 학습해서 믿고 따를 수 있겠습니까

스님과 신부님의 행동과 삶, 꼭 그만큼

융성했다가 쇠퇴하는 게 종교의 역사가 아닙니까

현실 사회주의가 붕괴한 건 그 어떤 이념보다 먼저

그 사회 속의 인간이 무너져 있었기 때문입니다

자본주의가 전 세계의 유일 체제로 군림하는 지금이야말로

진보운동이 절실한데도 이렇게 무기력하게 가라앉는 건

시민의 믿음과 사랑을 받던 희망의 사람들이

좋은 세상을 삶으로 몸생활로 사람 자체로

살아 보이지 못하기 때문이 아닐까요

이념이 별거 아니라는 말이 아닙니다

지금 여기에서, 가장 인간적인 삶을 창출하고 꽃 피워내는

살아 숨쉬는 이념이어야 한다는 말입니다

구체적인 내 삶과 생활과 인간적 성장에

도움이 되는 이념이어야 한다는 말입니다

군사독재가 우리 삶의 모든 것을 숨막히게 하던 지난 시대에는
그 폭압 구조를 깨뜨리는 정치 투쟁이 혁명의 모든 것이었습니다
지금, 현실 세계가 변한 만큼 우리도 달라져야 합니다
투쟁의 성과를 법과 제도로 다져가고 그것을 더 개선해가면서,
세상을 근원적으로 바꿔나가는 실천적 지혜가 필요합니다
그러나 지난날의 그 열정 그 헌신 혁명하는 그 마음이 없이는
새로운 삶의 고통을 해결할 수 없는 결코 만만치 않은 오늘입니다

지금은 파破를 통한 입立의 때가 아니라
입立을 통한 파破의 때입니다
이제 혁명은 단지 정치 경제적 차원에 머무르는 것이 아니라
존재와 삶의 근본 차원까지, 먹고 사는 몸생활과 살림과
문화와 도덕과 감성과 영성과 가치관과 사유의 틀까지,
온 존재적이고 동시적이고 전면적으로 이루어져야 합니다
우리 시대의 혁명은 과격하고 파괴적인 것이 아니라
근원적이되 부드럽게, 긴 호흡 강한 걸음으로,
안팎이 함께 이루어가는 삶의 총체적 진보여야 합니다

무엇보다 성장한 개인들, 그 개인들 스스로가
자기를 바꿔감으로써 동시에 사회를 바꿔가는

'내가 먼저' 혁명이 필요한 때입니다

그래서 문제는 '삶'이고 '사람'이고 '몸생활'입니다

아니 다시 문제는, 이제야 문제는 '자본주의'입니다

이 세계화된 자본주의 체제의 가혹한 일상의 광기는

우리 몸과 생활과 관계와 내면의 구석구석까지

쉴 새 없이 파고들어 치밀하게 작동하고 있습니다

그 거대하고 끈질긴 욕망의 힘 앞에

앙상한 '의식'으로 몸 없는 '주장'으로 뿌리 없는 '정치'로

맞설 수나 있을까요 아니 자기 하나 제대로 지켜갈 수 있을까요

21세기가 눈앞에 다가옵니다

나는 백척간두에 선 심정으로 앞을 바라보고 있습니다

지난 80년대의 불덩어리 삶보다

더 치열하고 더 긴장된 하루하루를 살아가고자 합니다

이념의 치열성이 아니라 삶의 치열성으로 살고자 합니다

나의 이념과 몸생활과 감성과 도덕과 철학과 영혼과

내 존재 전체를 동시에 혁명해나가고자 합니다

설령 모두가 떠나도 나는 나의 길을 가겠다는

그런 마음으로 지금껏 침묵 절필하며 정진해왔습니다

아 '생각은 둥그나 행동은 모난' 사람이 그립습니다
삶과 의식이 일치하는, 진실로 안팎이 동시에 진보적인 사람
지금 시대 가장 인간다운 삶이 무언지를 살아 보이는 사람
그 사람 자체가 좋은 세상으로 가는 새벽길인 사람
정말 내가 본받고 싶고 닮아가고 싶은 참사람이 그립습니다

사랑하는 친구
내가 만일 그대 사는 데 도움이 안 되거든
과감히 차버리세요 사정없이 저버리세요
내 사랑이 그대에게 도움도 이익도 안 된다면
나도 깨끗이 죽어버리겠어요
사랑하다가 사랑하다가 죽어버리겠어요

오늘은 오늘의 투혼으로

아직도 변함없이 혁명을 꿈꾸는 친구가 찾아오면
왠지 고맙고 눈물이 납니다 그리고는
지금 문제는 변화야, 현실을 있는 그대로 봐야 돼,
열린 강함이어야 해, 자기 이념을 바꿔가는 이념이어야 해

착실한 노력으로 보란 듯이 성공한 친구가 찾아오면
왠지 고맙고 눈물이 납니다 그리고는
지금 문제는 방향이야, 어디로 가고 있는지 바로 봐야 돼,
첫마음을 잃어선 안 돼, 자기 성공을 언제든 버릴 수 있어야 해

아 모든 것은 흘러간다
우리 살을 베듯 단절하자
그러나
모든 것은 살아 이어진다
우리 뼈를 바꿔 계승하자

더 이상 과거에 붙들리지도 말고
과거를 팔아 오늘을 살지도 말고
저마다 지금 선 자리에서 손잡고
지난날의 그 열정 그 헌신 그대로

오늘은 오늘의 투혼으로 미래를 살자

겨울 사내

겨울 사내

'아무도 기다리지 않았다'
그래 난 이미 알고 있어

알아 넌 내가 춥지
겨울 사내가 싫지

네 따뜻한 어지러움에
네 안정된 전망 없음에
잠시만 문을 열어줘

언살 터진 내가 싫어도
내 속에 품었던 따뜻한 달걀 같은
겨울 속에 길러온 이 핏덩이 희망,
옛 눈물로 젖 물려주시길

아무도 기다리지 않은 겨울 사내
꽃그늘에 쓰러져간 씨받이라도
나는 괜찮아 나는 괜찮아
그래 난 이미 알고 돌아온 것을
다시 길 떠나는 겨울 사내인걸

종달새

나는 한 마리 종달새
창살 안에 갇혔어도
푸른 숲
파란 하늘
여름 보리를
기억하네

백열등 아래 잠들어도
넓은 들을 꿈꾸네
저 산맥을 꿈꾸네

흰 겨울 아침
한 줌 햇볕이 들 때
시린 어깨 파다닥
쇠창살에 쓰러지네

너는 나를
지우지 못하네
푸른 기억을
뜨거운 노래를

위로 위로 나는 꿈을
내 핏속의 열망을
가두지 못하네

창살 안에 갇혔어도
나는 한 마리 종달새
종달새는 종달새!

말이 없네

경주 남산 멀고 깊어 찾아오는 사람 없네
스스로 말을 잃고 붓을 꺾어 묵묵하니
편지 한 장 오지 않는 적막한 사잇길로
아이 업은 누님만이 책 심부름 다녀갈 뿐
새벽 추운 잠은 새울음이 깨워주고
시퍼렇게 언 몸은 산벚꽃이 만져주고
오 언제나 그치려나 이 깊은 겨울 상처
냉기 어린 독방에서 조용히 눈 감으니
비 묻은 바람 와스스 낡은 창을 스쳐가고
젖어드는 경주 남산 아득히 말이 없네

나는 미친 듯 걷고 싶다

좌정한 다리 풀고 산책길 나섭니다
눈을 감고 천천히 걸었습니다
한 걸음 두 걸음 반이면 이마에 섬뜩한 철문
뒤로 돌아 한 걸음 두 걸음 반이면 코앞에 쇠창살
다시 한 걸음 두 걸음 반, 돌아서다 문득 터져 나온
참을 수 없는 내 안의 부르짖음!

그곳에는 이슬 젖은 산책길이 있나요
그곳에는 저물어가는 들길이 있나요

시장 골목에 손님 부르는 소리 들려오나요
길모퉁이 술집에는 술국이 끓고 있나요

지금도 철로길에는 밤 기차가 달리나요
강둑길에는 들꽃이 피고 아이들이 달리나요
거리에는 연인들이 팔짱을 끼며 걷고 있나요

아 나는 걷고 싶다
끝도 없이 걷고 싶다
걷다가 걷다가 지쳐 쓰러질 때까지

쓰러져 영영 잠들지라도
아 나는 미친 듯 걷고 싶다!

새벽 풍경 소리

열사흘 앓고 나니 꿈마저 어지럽다
다시 쫓기고 비명 지르고 새벽은 흐느낌
몸 상하니 심약해진 건가

성에 낀 벽 속에서 웅크린 잠 깨어나니
아픈 몸 어느 구석에서인가 땡그랑 땡그랑
맑고 시린 풍경 소리 울려온다

물고기는 잘 때도 눈을 뜨고 자듯이
참사람은 늘 깨어 있으라고
물고기 형상으로 처마 끝에 매달려
이 추운 새벽 나를 깨우는 소리

저 컴컴한 처마 구석에 홀로 매달려
찬바람 맞으며 살아 있다고
언 몸 안으로 울려치는 듯 땡그랑 땡그랑
더없이 맑고 겸허한 목소리

자나깨나 맑은 눈 떠라
서둘지 말고 몸 상하지 말고

부디 살아서 정진하라

시린 새벽 풍경 소리 땡그랑 땡그랑

시린 머리의 잠

시린 머리의 잠 깨어나면 언 몸은 더 웅크려 떨리고
온기 없는 모포 속으로 자꾸만 파고들다 보면
아, 그대가 그립습니다 코끝 찡하게 그립습니다

햇살이 고운 아침 잠자리에서
그대와 허벅지를 포갠 채 껴안고 누워
따스한 심장이 뛰는 소리를 느끼고 싶어
살아있는 것들의 심장 소리를 느끼고 싶어
생각만 해도 눈물나는 그 따스함 그 평온함

쩌렁—
기상나팔 소리 언 벽을 때립니다

송이처럼

가을 깊은 밤에는
활자活字에서도 향기가 난다
사락사락 책갈피를 넘기다
솔숲에 돋아난 송이버섯 사진에서
향긋한 송이 내음 솔솔 풍겨온다
입맛은 어서 빨리 담을 넘자 하고
가만가만 들여다보니
수북한 솔가지 사이로
발기한 듯 돋아난 송이가
해해해 꼭 뭐 닮았네에
시찰구 한 번 슬쩍 보구선
정좌한 골마리 내려놓고
송이 한 번 보고 물건 한 번 보고
물건 한 번 보고 송이 한 번 보고
아 네 몸속으로 들어가고 싶어
촉촉한 세상의 살 속으로
삶의 은밀한 중심부로
온몸 깊숙이 밀어넣고 싶어
부드러운 송이의 맑은 향기처럼
사나운 세상 속으로 스며들고 싶어

꽃심인가

겨울도 지쳤다
잔기침 쿨럭이며 입춘 다가오는 날
벽은 우두커니 나를 내려보고
나는 내 속의 상처를 바라보고
그렇게 살아 견디라고
무정세월 살으라고
아직 차운 바람
아프다

내 속의 상처를 통해
지상의 속 아픈 인생들
내상內傷 깊은 시대를 들여다보며
그저 묵묵히 아프다
햇살 한 줄기 어리어
언살 터져 붉다
꽃심인가

입춘 다가오는 겨울 감옥
벽은 냉랭히 나를 바라보고
나는 뜨겁게 세상을 지켜보고

아프다

숨소리만 가득하니

새싹 터지려나

추운 밤에

대한大寒 감옥 추운 밤에 으스스 깨어나니
물잔은 얼어 있고 달빛도 싸늘하다

냉기 뿜는 벽 앞에 말없이 좌정하니
바람마저 얼었는가 사위가 적요하다

어디선가 쇄삭쇄삭 내 귀를 이끄느니
아 이 오밤중에 기러기떼 나는 소리
뼛속까지 스며드는 청냉한 날갯짓 소리

지금 세상은 얼어 있고 내 몸은 벽 속인데
사무친 맑은 의지 한 영혼이 나는 듯이
언 하늘 이마로 가르며 길 떠나는 저 소리

겨울 더 깊어라

겨울 새벽 냉수마찰 중에
문득 만져진 여윈 어깻죽지
날이 갈수록 붉고 푸르다

고된 벽 속의 묵언 정진 길
서둘지 말고 쉬지도 말라
쫓기는 삶 돌이켜 쫓아라
서슬 푸르게 후려치던
내 마음의 죽비 자욱들

멍들어 굳어진 살점 깊이
검고 굳은 씨앗들의
뜨거운 떨림들 떨림들

겨울 더 깊어라

핏빛 잎새

가파른 옥담 아래
산벚나무 잎새 진다

이 가을날
나 살아 있음의 감사
아 그러나
살아 있음의 이 치욕
높아진 하늘 아래
두 손으로 얼굴을 가리우고

새벽부터 밤중까지
혼신으로 정진하다
찬 바닥에 쓰러진 내 귓전에
와수수 가을 잎 지는 소리
흰 수건 붉게 적신
각혈
핏빛 잎새

가을 긴 밤
아픈 몸 곧추세워 책을 읽다

낮에 주워온 잎새 하나
책갈피에 끼우면서
누구에게,
이제 그 누가 있어,
아, 보낼 곳이 없구나
받아줄 사람 하나 없이
잎새처럼 흩어져버렸구나

문득
핏빛 잎새
가을 설움
울컥

겨울이 온다

우수수
가랑잎 쓰는 바람에
삭발한 머리 쳐드니
하늘은 저만큼 높아져 있다
나는 이만큼 낮아져 있는데

시린 하늘 흰 구름은
옥담 질러 사라지고
나는 어둑한 독방으로 사라지고

맑은 가을볕도 잠깐
여위어가는 가을 설움도 잠깐
벌써 독방 마룻바닥이 찹다
으시시 몸 웅크리며
겨울 보따리 풀어 해진 옷 꿰맨다

아 어느덧 저만큼
겨울이 온다 겨울이 온다
벽 속에 시퍼렇게 정좌한 채
겨울 정진 깊어가는 날 온다

대낮에도 침침한 독거방 불빛 아래

갑자기 바느질 손 바빠진다

살아 돌아오너라

어머님은 6시간의 대수술을 받고 40여 분 만에 깨어나셨습니다
엄청난 수술 자국과 처참한 모습은 이루 말할 수 없지만
고통 가운데서도 어머님의 눈빛이 삶에 대한 의지를 담고 있어 다행이지요
어머님은 날마다 기도서와 묵주를 손에 꼭 쥐고 계십니다
무기징역 사는 당신 아들을 구해내기까지는
결코 눈 감을 수 없다는 사무친 의지이지요
당신과 내가 쫓기고 체포되고 고문당하고 감옥에 갇힐 때까지
80년대와 90년대의 그 험하고 가파른 역정을
가슴 타는 기도로 함께하시다 마침내 쓰러지고 말았나 봅니다
다행히 어머님께서는 이제 조금씩 걸을 수 있게 나아지고 있습니다
뒷산 약수터까지 걷다 쉬다 하며 올라가 기도를 드린 다음,
기평아― 기평아― 기평아―
아들 이름을 크게 세 번 목메이게 부르신답니다
생각하면 얼마나 눈물겨운 장면인지요
지난 이십여 년 동안 거리로 현장으로 감옥으로 떠돌면서
손주 하나 낳아드리지 못하고 병중에 돌보아드리지도 못하는
나와 당신의 처지가 '죄' 그 자체로군요
아무 원망의 말씀도 하시지 않을수록 더욱 마음 아픕니다

맑은 다듬이 소리일까

새벽녘 어디선가 메아리쳐오는 소리

누군가 시리도록 내 이름 부르는 소리

기평아― 기평아― 기평아―

겨우내 아픈 내 언 몸 흔들어 깨워온 새벽 메아리 소리

남은 목숨을 다 바쳐 부르는 시린 호명呼名 소리

173

기평아— 기평아— 기평아—
나 살아 있으마 너 살아 돌아오너라

언 땅에서 돌아오는 진달래처럼 돌아오너라
동굴에서 돌아오는 웅녀님처럼 돌아오너라
설산에서 돌아오는 부처님처럼 돌아오너라
광야에서 돌아오는 예수님처럼 돌아오너라

기평아— 기평아— 기평아—
어머니— 어머니— 어머니—

해 뜨는 땅으로

어머님 손꼽아 기다리시던 특별사면으로
정든 준경이 종현이 석민이 내 보내고
이제 홀로 남아 더 높아져 뵈는 독방 벽 속에
날 어둡도록 우두커니 홀로 앉아

아 나에게도 다시 한 번
해 뜨는 땅으로 아침 햇살 아래로
환하게 따뜻하게 서는 날이 있을까

어머니 울지 마셔요 전 괜찮아요
이 침침한 동굴 벽 속에서
웅녀님처럼 쓰디쓴 생쑥을 씹으며
패배한 사랑을 정직하게 씹으며
하루하루 잘 살아가고 있어요

그래 나에게 해 뜨는 땅은 없어
환한 햇살은 이제 영영 없어
어둠을 품고 겨울을 품고
스스로 아침해를 길러가야 해
이 아픈 불덩이를 뱉어버리면

해 뜨는 내일은 이제 영영 없어

어머니 저 오늘은 조금 울게요
내일이면 전 다시 씩씩할 거예요
쟁기질하는 소처럼 뒤돌아보지 않고
착실하게 앞만 보고 나아갈 거예요

행여 어둠 속에 아픈 몸을 부린 채
묵묵히 홀로 되새김질하고 있는
일소의 젖은 눈을 마주치거든
어머니, 그냥 못 본 척 지나쳐주셔요

청산은 왜 아픈가

우리 신부님 얼굴이 말이 아니네요
막냇누이 수녀님 얼굴도 핼쑥하고
접견실 흐린 창에 얼굴 바짝 대고
서로의 안 된 얼굴 살피면서
공부 좀 줄이고 쉬면서 해라
예, 형님도 과로 좀 하지 마셔요
데레사도 몸 좀 돌보거라
오빠, 얼굴이 그게 뭐야
애써 지어 보이는 웃음으로도 감추지 못한
출가한 형제간의 애틋한 정 글썽글썽

다시 독방으로 돌아오는 길에 얼굴 들어보니
옥담 위로 나를 지켜보던 푸른 산들이
울지 말아요 울지 말아요
청산이 제 몸을 상해가는 건
사납고 독해진 사람들을 품어내기 때문이야
푸른 품에 시대의 화를 끌어안기 때문이야
울지 말아요 가만가만 어깨를 토닥입니다

새야 새야

좁다란 네 면 벽이

좁기도 하고 넓기도 하다

침침한 무덤 속인가

아득한 우주 사방인가

적막한 마음에 창살 틈에 밥알 놓으니

산새가 날아와 지저귀며 물어간다

낭랑한 새울음에 방안이 금세 환해지는 듯

문득 노래 끊겨 귀를 세워 기다려도

먹을 것 없는 창살가에 새소리는 다시 없고

새야 새야

너는 외롭고 나는 쓸쓸해

한 번쯤 다시 와서 맑은 노래 들려주지 않을래

밥알이야 있건 없건 찾아와주는 건 하늘 마음이고

먹을 것 없다고 오지 않는 건 누구나의 마음이니

새야 새야

너 외롭지 않으면 찾지 않아도 좋아

나는 혼자라도 괜찮아

슬프면 슬픈 대로 놓아두고

쓸쓸하면 쓸쓸한 대로 살아가고

찾아오는 마음 떠나가는 마음

이 마음 저 마음 모두

하늘 뜻 숨어 계시는 하늘 마음일 테니

감옥 사는 재미

몸은 비록 감옥에 있어도
마음은 국경을 넘나든다
저들은 싸늘한 감시의 눈길 떼지 않지만
내 눈은 자나깨나 내 안을 지켜보고
변화하는 시대를 뜨겁게 주목한다
좁고 컴컴한 벽 속에 갇혀서 오히려
온 세상 살아 움직이는 것들과 이어져
갈수록 삶이 푸르고 정신이 커 나간다
큰일 하는 낮은 일꾼이 되고자
침묵 속에 사는 맛을 익혀나간다

내 안의 아버지

마라톤을 그리 잘하셨다는데
40 언덕에서 쓰러져 그대로 저승길 달리셨나요
이 산하를 바람처럼 떠돌았다는데
남도 산자락에 누운 채로 흰 구름이신가요
판소리 가락이 절창이셨다는데
깨어진 노래 품고 이리 단호한 침묵이신가요
못다 핀 꽃, 못다 한 정, 못다 한 노래 다 비우고
어둠 속 흰 뼈로 빛나며 이 새벽 저를 부르시나요

얼굴조차 기억나지 않는 내 아버지,
당신의 제삿날 사진 한 장 가진 게 없어
이름이라도 써서 벽에 붙여 바라보려니
이름이 말씀을 하십니다
박정묵朴正默
바르게 침묵하라
죽더라도 정직해라
말할 때가 있고 침묵할 때가 있다

예, 아버지

독방 벽 속에 침묵 절필해온 당신의 아들이
찬물 한 그릇 떠놓고 당신 말씀을 듣습니다

목이 마르구나 목이 마르구나

예, 아버지

물 한 그릇 들어 절하고 제 안에서 목마른
당신께 드리는 물 한 그릇 제가 마십니다

꿈속에서 감옥문 나서자 홀로 숨어들 듯
아버지 무덤을 찾았습니다

아버지, 무덤이 몹시 낮아졌네요
죄송해요 세월이 그리 험하게 흘렀어요
무덤이 이리 평평해지도록 돌비석 하나 세우지 못하고
손주 하나 안겨드리지 못하고 삭발 머리에 빈 몸으로
저 이렇게 그냥 혼자 왔어요

아니다

애 많이 썼다

땅속에서 기침하며 돌아누우시는 아버지

내 무덤 높이지 말고 돌 세우지 마라
흙 속에 곱게 썩어야 흙으로 돌아가지
무덤이 점점 낮아져야 평평한 땅으로 돌아가지

예, 아버지

아가, 갖지 말고 홀가분히 잘 돌아가야지
힘들어도 낮은 자리로 어서 돌아가야지
다 놓아 보내야 처음 자리로 돌아가는 거지
그래야 싹이 트고 꽃이 피고 나무가 자라지

예, 아버지

흙으로 돌아가신 만큼 제 안에 들어와 꽃 피시네요
낮아진 무덤 자리만큼 제 앞이 환해지네요
아버지, 저 다시 또 못 찾아뵐지도 몰라요

이제 오늘의 현장으로 저 먼 길 떠나려 해요
용서하셔요 아버지

아니다
몸조심하거라

내 안에서 기침하며 돌아누우시는 아버지
흰 뼈로 돌아누우시는 아버지 아버지

천 리 벽 속

오늘같이 서러운 날
살아 있음이 치욕인 날
창살 너머 그리운
그대 별을 찾아봅니다

아 불원천리不遠千里!
마음은 단숨에 달려가 그대 품에 울고

쓰라린 몸은
천 리 먼 벽 속에서 혼자 울고

실크로드에 가고 싶다

지금 내게 보이는 것의 전부는 벽

실크로드에 가고 싶다
보이는 것의 전부는 끝도 없이 펼쳐진 모래 지평
시선의 끝까지 저 하늘과 땅이 맞닿은 사막 지평에
종말의 저녁처럼 붉은 노을로 해가 지고
태초의 아침인 양 시뻘건 태양이 떠오르고
아 산다는 건 이토록 단순하고 강렬한 것인가

실크로드에 가고 싶다
군사들이 상인들이 구법승들이 걸었던 길
길을 잃고 헤매다 한순간 모래바람에 파묻혀
한 줌 모래알로 흔적도 없이 사라지는 줄 알면서도
무엇이었을까 그토록 단순하고 강렬한 욕망은
권력일까 부귀일까 신심일까 그것만은 아닌
그 무엇의 힘으로 자기를 밀어나간 걸까
가도 가도 끝없는 사막길로 걸어나간 걸까

지금 내게 보이는 것의 전부는 벽

실크로드에 가고 싶다
이토록 단순하고 강렬하게
나를 막아 나를 부르는 길
내가 가야만 할 막막한 길
내가 가야만 할 운명의 길
내 남은 목숨의 길이 있다

셋 나눔의 희망

셋 나눔의 희망

생명농사 지으시는 농부 김영원님은
콩을 심을 때
한 알은 하늘의 새를 위해
또 한 알은 땅속의 벌레들을 위해
나머지 한 알을 사람이 먹기 위해
심는다고 말씀하십니다

지금도 만주 들판에는 삼전三田이 전해오는데
일제 때 쫓겨 들어간 우리 조상님들이
눈보라 속에서 맨손으로 일궈낸 논을 3등분해
하나는 독립운동하는 데 바치는 군전軍田으로
또 하나는 아이들 학교 세우는 학전學田으로
나머지 하나는 굶주림을 이겨내는 생전生田으로
단호히 살아내신 터전이 바로 삼전인데

희망이 보이지 않는다는 오늘
내가 번 돈
나의 시간
나의 관심
나의 능력

어디에 나눠 쓰며 살고 있나요

지금 나는 콩 세 알의 삶인가요
삼전의 뜨거움 삼전의 푸르름
셋 나눔의 희망을 살고 있나요

나눔과 성장

언 땅이 풀리는 해토解土의 절기가 오면
흙마당에 앉아 얼음발 속에 뜨겁게 자라는
여린 새싹들을 지켜보느라 눈이 다 시립니다
언 흙을 헤치고 나온 새싹들은
떡잎을 둘로 나누면서 자랍니다

나누어야 자라는 새싹들!

그래요 나누어야 성장합니다
커지려면 나누어야 합니다
새싹도 나무도 나누어야 자랍니다
사람 몸도 세포가 나누어야 성장합니다
커진다는 것 성장한다는 것은
자기를 나눈다는 것입니다
그것이 모든 생명체의 본성입니다

나누어야 하나 될 수 있습니다
나누어야 서로 이어지고 모여들어 커질 수 있습니다
크다는 것은 하나를 이루어낸다는 것이고
큰 사람이란 나누어 쓰는 능력이 큰 사람이고

크게 나눔으로 큰 우리를 이루어내는 사람입니다
자기를 잘 나누어 상대를 키움으로 자기도 커나가는
지공무사至公無私의 사람이 아닌
지공지사至公至私의 사람입니다
커나가는 조직은 비전과 권한을 잘 나누어
함께 공유하는 만큼 성장할 수 있습니다
나누지 않을 때 성장이 정체됩니다
나누지 않을 때 낡아지고 뒤처지고
싸움이 생기고 분열이 생기고 갈등합니다

나눔만이 나뉨을 막을 수 있습니다

나누려면 나눌 거리가 있어야 합니다
늘 새롭게 나눌 삶의 감동과 이야기가 있어야 합니다
새로 학습한 지식과 문화가 있어야 하고
새로운 경험과 창조가 있어야 나누는 마음도 자랍니다
그러려면 나눔과 동시에 자기를 열고 받아들여야 합니다

자기 자신이 세상과 이어지고 몸통하여
내 몸과 내 큰 몸이 창조적 맴돌이를 이루어야 합니다

천 골짝 만 봉우리 물을 받아들여 큰 물둥지를 이루어야
키 큰 나무 숲과 너른 들을 푸르게 이뤄낼 수 있는 것입니다
자기 선 자리에 뿌리를 깊숙이 내리고 하루하루 치열하게
맑은 눈 뜨고 자기를 불살라가는 투혼의 불덩이어야
나눈 만큼의 새로운 창조가 이루어집니다

나눔은 여유가 있어서 하는 것이 아닙니다
오히려 자신의 가난을 나누는 것입니다
지금 나는 가난하고 힘이 없어서
나눌 것이 없다고 생각할지 모르지만
사실은 '나누려는 마음'이 가난하고
'나누는 능력'이 결핍되어 있는 것입니다

지금 우리에게 필요한 것은 돈을 많이 번 다음에
성공한 다음에 나누겠다는 굳센 다짐이 아니라
지금 있는 그대로를 잘 나누어 쓰는 능력입니다
두텁게 언 흙을 헤치고 나온 저 작고 여린 새싹은
여유가 있어서 떡잎을 나누는 것이 아닙니다
지금 자기가 바로 살기 위해 자기가 바로 크기 위해
그 작고 여린 자기를 처음부터 나누는 것입니다

나누는 능력도 생명체와 같아서
쓰지 않으면 퇴화하고 잃어버리게 됩니다
나누는 능력을 잃어버린 채
돈을 많이 벌고 크게 성공했다 해도 그것은
삶의 외피와 삶의 조건을 확보하기 위해
삶의 속살과 목적을, 아니 삶 자체를,
삶의 껍데기와 바꿔버린 것에 지나지 않습니다
나누는 능력이야말로 인간 삶의 핵심 능력이고
나눔은 인간성의 본질인 사랑과 영성이기 때문입니다

내가 인간으로 바로 살기 위해서는
지금 바로 나누어야 합니다
가난함 그대로를 나누어야 합니다
나누는 힘이 커나가는 만큼 나눌 거리도 커지는 것이
삶의 신비이고 하늘의 역사입니다

사랑은 나눔입니다

나눔을 통해 나를 살리고 너를 살리고
우리 모두가 진보해 나가는 것입니다

나누지 못하는 성장, 성숙하지 못하는 나눔은

사랑도 정의도 진보도 아닙니다

나눔을 통한 성장과 성숙의 긴장된 떨림

그 살아 움직이며 생동하는 균형점이

참된 사랑의 자리이고 진정한 진보의 자리입니다

자기를 다 나누고 마침내 고목처럼

부드럽게 쓰러지는 생이 있습니다

쓰러져 돌아감으로 다시 새싹처럼 부활하는 생

그래서 죽음마저 최후의 나눔이고 사랑이고 희망인 생

그런 일생이기를 기도하는 신생新生의 시간입니다

언 흙을 뚫고 치열한 숨결로 자라나는 새싹들

나눔으로 빛나는 작고 여린 얼굴들을 들여다보며,

내 안에서 세상에서 나눔으로 자라나고 있는

푸른 희망의 얼굴들을 뜨겁게 지켜봅니다

고개 들어 해동청解冬靑 하늘 바라보는 눈빛 시려옵니다

거룩한 사랑

성聖은 피血와 능能이다

어린 시절 방학 때마다
서울서 고학하던 형님이 허약해져 내려오면
어머님은 애지중지 길러온 암탉을 잡으셨다
성호를 그은 뒤 손수 닭 모가지를 비틀고
손에 피를 묻혀가며 맛난 닭죽을 끓이셨다
나는 칼질하는 어머니 치맛자락을 붙잡고
떨면서 침을 꼴깍이면서 그 살생을 지켜보았다

서울 달동네 단칸방 시절에
우리는 김치를 담가 먹을 여유가 없었다
막일 다녀오신 어머님은 지친 그 몸으로
시장에 나가 잠깐 야채를 다듬어주고
시래깃감을 얻어와 김치를 담고 국을 끓였다
나는 세상에서 그 퍼런 배추 겉잎으로 만든 것보다
더 맛있는 김치와 국을 맛본 적이 없다

나는 어머님의 삶에서 눈물로 배웠다

사랑은

자기 손으로 피를 묻혀 보살펴야 한다는 걸

사랑은

가진 것이 없다고 무능해서는 안 된다는 걸

사랑은

자신의 피와 능과 눈물만큼 거룩한 거라는 걸

나는 왜 이리 여자가 그리운가

여자 없는 벽 속에서
오랜 세월 빛바래가면
여자는 얼굴도 형체도 사라지고
오직 따뜻하고 부드러운 흰 살로
깊고 촉촉하고 아늑한 품으로
둥그스름한 젖가슴과 엉덩이 능선으로
안개 속 해처럼 떠오른다
그런 여자를 꿈꾸고 난 새벽이면
아득히 그리움에 출렁인다

여자여 여자여 흐르는 새벽 강물이여
나는 왜 이리 여자가 그리운가

여자는 왜 남자보다 키가 작은가
여자는 왜 남자보다 힘이 약한가
자궁과 젖가슴을 집중해서 발육시키기 위해
다음 생명을 품고 미래를 낳아 기르기 위해
키 크는 성장도 싸우는 강함도 멈춰주는 것
기꺼이 키 작아지고 힘 약해지는 것
그래서 속 깊고 따뜻하고 강인한 것

시대의 불덩이 사랑을 품어
아프고 괴로운 사람아
자기 성장의 힘을 안으로 쏟아
희망 하나 키워가는 사람아
기꺼이 작아지고 낮아지는
무력한 사랑의 사람아

여자여 여자여 내 안의 여자여
나는 왜 이리 여자가 그리운가

지옥

요즘 부쩍
살벌해진 감옥살이가
지옥인 양 몸서리쳐진다

지옥이란
벗어날 수 없는 영원한 고통과
징벌의 불구덩이가 아니라

지옥은
그래 지옥은
여자와 아이가 없는 곳이야

부드러운 살 젖은 눈동자 따뜻한 애무
촉촉한 흙과 푸르른 숲
오 여자 여자 내 여자!

뽀얀 젖살 맑은 눈빛 연둣빛 새싹
나의 죽음 나의 부활 나의 패배 나의 희망
오 아이 아이 내 새끼!

지옥이라도 좋아라
여자와 아이만 함께 있다면
눈부신 희망이 꽃 피어나는걸

오 여자 여자 여자
오 아이 아이 아이

맑은 손길

경주 남산자락에 봄빛이 가득한 날
맨발로 옥담 아래 흙마당을 거니는데
누군가 병중인 내 몸에
가만히 손을 대고 뭔가를 흘려 넣는가 보다
따뜻하고 맑은 기운이 몸 안에 퍼져온다

누구의 손일까
이 따뜻한 사랑의 느낌은
어린 날 무릎에 누이고
할머니 손은 약손 할머니 손은 약손
아픈 내 몸을 지성으로 문지르며
스르르 낫게 하시던 그 손길처럼
자신을 맑게 비워 하늘 땅에 가득한 생기를
그대로 내 몸 안으로 흘려 넣어 주시는
누군가의 크고 맑은 손길

이번 겨울 정진이 지나쳐 그만 아파 누운 몸
열심이 지나치면 욕심이 되는가 보다
열심도 제 몸의 한계를 넘어서면
끊기고 흐리고 닫히기 마련인데

세상에 속일 수 없는 게 내 몸인데
내 열심이 내 몸에 죄를 지어
아픈 몸에 고요히 숨 맞추고
몸통하라!
내 속에 막힌 봄빛 되살려 주시는
부드럽고 깊숙한 이 떨림

아, 몸 다시 살아나자
상한 몸, 속 아픈 가슴마다 손 내밀어
내 몸속에 흐르는 생기를 흘려보내
저마다 품고 있는 봄빛 희망 일깨우는
크고 맑은 손길로
쓰러진 이 몸 다시 살아나자

한 밥상에

또 하루가 저물어갑니다
오늘도 열심히 살았습니다
침침한 독방에 홀로 앉아서
벽에 뚫린 식구통으로
식은 저녁밥을 받습니다
푸실한 밥 한술 입에 떠넣고
눈을 감고 꼭꼭 씹었습니다
담장 너머 경주 남산 어느 암자에선지
저녁 공양 알리는 듯 종 울림소리
더엉 더엉 더엉
문득 가슴 받히는 한 슬픔이 있어
그냥 목이, 목이 메입니다

함께 밥 먹고 싶어!
사랑하는 그대와 함께
한 밥상에 둘러앉아서
사는 게 별난 거야
혁명이 별난 거야
사랑하는 사람들과 하늘 땅에 떳떳이
따뜻한 저녁밥을 함께 먹는 거지

나 생을 바쳐 얼마나 열망해왔어
온 지상의 식구들이 아무나 차별 없이
한 밥상에 둘러앉은 평온한 저녁을
아 함께 밥 먹고 싶어!

숨은 야심

나에게는 오래된 꿈이 하나 있습니다
작은 흙집에서 우물물 길어다 아궁이 불로 밥을 짓고
거름을 삭혀 먹을 만큼 농사지으며
적게 갖고 나눠 쓰며 사는 소박한 생활
여린 지구 위에 깃털처럼 가볍고 다슙게 얹혀
덜 망치고 덜 해치며 살다가
때가 되면 훌훌 떠나가는 삶
내 간소하고 맑은 살림 속에 피어나는
나직한 생각과 말과 글을 이웃과 나누며
황폐해가는 삶의 뿌리를 보살피다가
그저 거적 한 장에 말아 발길 드문 나무 아래
조용히 묻혀 돌아가고픈 욕망 하나 있습니다

내 사는 동안 알게 모르게 너무 많은 죄를 지었습니다
한정된 지구 자원은 60억 인류 모두의 몫인데
미래의 주인인 아이들의 분명한 몫이기도 한데
나에게 주어진 정량 이상을 벌고 갖고 쓰는 건
사실상 남의 생목숨을 빼앗는 도둑질에 다름 아닌데
자랑스런 경제성장의 나라에 태어난 덕분에
어느새 나도 가난한 나라 사람들의 몫을 끌어다 쓰는

지구 시대의 기득권 세력이 되고 말았습니다

불의한 권력을 향해 투쟁하면 다인 줄 알았는데,
지금 시대의 진정한 혁명이란 그와 동시에
삶의 안쪽에서 나 자신과도 치열하게 투쟁하는
삶인 것을 미처 알지 못했습니다

내 한 몸 먹고 쓰고 일하고 즐기는 일상생활이
60억 인류 앞에 떳떳하고 올바르지 않으면
좋은 세상이란 노인이 바다에서 끌고 온
뼈만 남은 물고기에 지나지 않는다는 걸
아니 오히려 진보의 이름으로 좋은 세상을
가릴 수도 있다는 걸 이제사 알 것만 같습니다

나는 참회하듯 돌아갈 것입니다
나 홀로 은둔하듯 돌아가는 게 아니라
우리 시대 삶의 고통과 문제를 고스란히 안고서
병든 세계를 바탕 뿌리로부터 바꾸어나가는
아름다운 농사 마을을 이루기 위해
눈 맑은 젊은 친구들과 함께 갈 것입니다

그리고 나에게는 버리지 못한 숨은 야심이 있습니다
정말이지 꼭 한번 차지하고 싶은 자리가 있습니다
청년들과 여자들 아이들 청소년 노인들 장애우들이
함께 어우러져 사는 우리 농사 마을 이장 노릇 한 번 해봤으면
연봉으로 쌀 몇 가마 받는 막중한 이장님 자리 한 번 해봤으면
역시 박노해가 파란만장으로 고생 좀 하더니
이장 노릇 하나는 정말 잘한다고 두고두고 인정받고 싶은
숨은 야심 하나, 아직 제 뱃속에서 꿈틀거리고 있습니다

인간 복제

복제되어 똑같이 생긴 원숭이 두 마리가
자기들을 지켜보는 인간의 카메라 눈길이 불안한 듯
눈동자를 굴리며 서로 껴안고 떨고 있다, 끔찍스럽다
복제된 원숭이처럼 나와 생김새가 똑같고
목소리도 반응도 몸짓도 똑같은 또 하나와 내가
저렇게 마주할 수도 있게 된다니, 섬뜩한 기분이다

그런데 그게 왜 끔찍스럽지?
평소에 나 잘났잖아 내가 제일 옳았잖아
모두가 나 같기만 하다면 모두가 내 마음과 같다면
세상이 금세 좋아질 거라고 했잖아
나는 잘 사는데 바르게 사는데,
남들이 안 지키고 이기적이라 세상이 이 모양이라고,
다 남의 탓 사회구조 탓이라고 냉소했잖아
그 잘난 내가 수도 없이 생겨난다는데
공주고 왕자인 내가 얼마든지 복제된다는데
모두가 나처럼 생각하고 나처럼 벌고 먹고 쓰면서
잘 사는 나를 수도 없이 복제할 수 있다는
첨단 생명공학의 승리인데

왜, 섬뜩하지?

세상에서 내가 최고였는데 내 생각이 정답이었는데,

그 유일중심인 내가 여럿일 수 있다는 것

남도 나처럼 저마다 세상의 중심일 수 있다는 것

존재하는 생명체는 다 '나 아닌 나'에 다름 아니고

나는 그런 나에 의해 살려지고 있다는 것

그 새삼스런 진리가 눈앞에 확 다가온다니까

네 헛중심이 아찔 무너지는 것만 같니?

네 존재의 기득권이 항쟁에 직면하는 느낌이니?

인간 복제 기술이 끔찍하니?

그게 윤리와 법으로 묶는다고 묶어지겠니?

인간 존엄과 창조주의 이름으로 막아지겠니?

편리함과 효율성과 경쟁 승리만을 추구해온

일상의 욕망들이 과학기술의 손을 빌어 탄생시킨 게 아니니?

돈이 되는 그걸, 경쟁력 있는 그걸,

꺼내 쓰지 않고 자제할 수 있다고 생각하니?

사회라는 허공에 대고 도덕이라는 철벽에 대고

거룩한 소리만 하지 말고 자신을 돌아봐

욕망으로 질주하는 네 삶과 생활과 몸을 바로 봐
세상의 중심이라는 네 자신이 딛고 서온
저 작고 힘없고 말 없는 얼굴들 속에
처음부터 똑같은 한 하늘이 들어앉아 계셔
네 탐욕을 더 이상 세상에 복제하지 마!

봄바람에 민들레 홀씨 허공 중에 날아간다
한 꽃몸에서 수백 수천의 꽃씨가 날아간다
저마다 인연 따라 다르게 피어난다

외계인을 기다리며

나를 키워온 건 늘 밖에서 왔다
나보다 더 크고 더 성숙한 존재와의 마주침에서 나는 열려지고 깊어져 왔다
그것들은 내 안에 숨어 있는 무장한 세계를 비춰보임으로
나는 내가 '나 아닌 나'로 이루어진 크나큰 존재임을 깨쳐온 것이다
이 무한 우주 속에서 유한한 '내 몸'은 '내 큰 몸'과 이어지고
몸통한 만큼 내 삶의 영역이 넓어지고 내 정신이 켜져왔음을 나는 자각한다
나는 또 다른 나를 낳을 새로운 인연을 기다리며 나를 맑히고 열어둔다

왜 할리우드 영화들은 외계인은 침공하는 존재라고
우주 전쟁에서 끝내 자기들이 승리할 거라고 그리는지
오직 지구에만 고등 생명체가 산다고 유일 신앙하는지
우주 식민지 개척이 마지막 남은 인간의 도약이라고 생각하는지
왜 어느 날 갑자기 우리보다 더 진보하고 성숙한 외계인이
우리 앞에 나타날 수 있다는 걸 고려하지 않는 거지

아마 닫힌 세계 속에서 누려온 기득권이 많았나 봐
장막이 걷히자 일시에 무너지는 옛 소련처럼
민중의 성장 앞에 한순간에 깨지는 독재 권력처럼
닫힌 세계에서 돈과 무기와 지식으로 구축해온
지금의 삶이 근본부터 흔들리며 금이 가나 봐

난 외계인을 생각하면 가슴이 설레

이 광막한 우주 공간 안에
우리만이 홀로 있다는 외로움을 덜 수 있잖아
헤아릴 수 없는 우주 시간 속에
조금씩 조금씩 진보해온 인간의 걸음이
나보다 더 넓고 더 높고 더 뛰어날지도 모를
낯선 친구와 관계 맺을 수 있다니
난 토플보다 컴퓨터 언어보다
온 우주에 통하는 몸말을 배우고 싶어
그들 중에도 제 차원과 목적에 따라
우리와 벗이 될 인연도 우리와 적대할 악연도 있을 거야

21세기는 '우주영성시대'야
이제 우린 우주적 깨어남을 살아야 해
우주 생명과의 관계 속에 인간의 정체성을
다시 돌아보는 새로운 자아확립을 해야 해
지구는 광활한 우주 속에 떠돌고 있는
작고 여린 푸른 점 하나라는 걸
우리는 아득한 우주 속에 짧은 한 생을 숨쉬다
한 점 먼지로 돌아가는 존재라는 걸
지구에 사는 말 없는 동식물과 무기물까지도

내 몸과 핏줄처럼 이어진 하나의 몸체라는 걸
내 속에 항시 남의 자리를 남겨둬야 한다는 걸

외계인을 기다리며
정말 겸허하자고 늘 열려 있자고
나이 들수록 새로워지고 깨어 있자고
새롭게 내 삶을 가다듬게 돼

내가 보고 싶은 것들

9시 뉴스를 진행하는 장애우 앵커를 보고 싶어
삶의 철학을 강의하는 노동자 교수를 보고 싶어
이혼한 여자가 대통령으로 뽑히는 걸 보고 싶어
동남아시아계 2세가 서울시장이 되는 걸 보고 싶어

서울역에서 상경하는 농사꾼에게
정중히 경례하는 경찰청장이 보고 싶어
안기부 청사에 아이들과 김밥 싸들고
격려 방문하는 시민들을 보고 싶어
자동차가 주인이 된 거리가 줄어들고
맘 놓고 달리는 자전거 물결을 보고 싶어
안 갖는 긍지로 적게 벌고 나누어 쓰자며
'푸른 생산'을 내건 파업 노동자들을 만나고 싶어

북한 노동자의 손에 깨끗이 쓰러진 수령의 동상을,
항일운동하던 시절의 김일성 장군 사진이
독립기념관에 걸려진 걸 보고 싶어
토실토실 살 오른 아프리카 아이들이
두 뺨 발그레한 남북한 아이들과 어우러져
맑은 한강에서 두만강에서 발가벗고 물장구치는

여름 캠프를 보고 싶어

초파일에 연등을 켜 단 교회에,
성탄절에 트리를 세운 산사에 가보고 싶어
존경받는 레즈비언 국회의원과 포옹하고 싶고
흑인 여성 교황을 만나보고 싶어
먼 행성에서 온 외계 생명과
우주영성시대를 함께 토론하고 싶어

무엇보다도 나이 들수록 화를 적게 내고 욕심이 줄어들어
안으로 다숩게 잘 익어가는 내 모습,
돈 버는 능력보다 사랑하는 능력이 부쩍 커져서
갈수록 새로워지고 깊어지는 내 모습이 보고 싶어

똥배 없는 세상

접견 온 친구들의 조금씩 나오는 똥배를 보면서
아 세월이구나, 이게 인생이구나, 그만 슬퍼진다

생각나? 우리가 현장활동하던 70년, 80년대에
돈 많은 사장을 그릴 때면 꼭 똥배 나온 모습으로 그렸잖아
이제 무지하고 게으른 졸부들이면 모를까
현실에서 그런 자본가는 별로 없지
성공하고 가진 자일수록 창자를 열심히 비워서 날씬하거든
돈 있고 힘 있는 자는 미래가 든든하니까
이 사회 체제가 다 자기들 거니까
언제 어디서나 신선하고 맛있는 게 기다리니까
가뿐한 몸으로 조금씩 골고루 깊은 맛으로 즐길 뿐이지

오히려 못사는 사람들이 살이 찌고 똥배가 나온 게 현실이야
고기만 보면, 몸에 좋다면, 값싼 공짜라면,
'먹는 게 남는 거'라고 배가 꽉 찰 때까지 집어담으니까
힘없고 돈 없는 사람들은 이 사회 체제가 자기 게 아니라서
미래가 늘 불안하고 몸을 팔아야만 먹고 사니까
믿을 거는 오직 자기 몸 하나뿐이니까
기회만 나면 더 많은 영양을 비축해두려는 슬픈 생존본능,

가난을 대물림한 유전인자의 생물학적 본능,
아니 이건 엄연한 계급 사회의 임금노예 본능인 거야

나에게 좋은 세상이 무어냐고 물으면
똥배 없는 세상! 이라고 말하겠어
일하는 사람들이 똥배 없는 몸으로 건강한 세상!

아름하게 먹고 신나게 일하고 재밌게 잘 놀고 깊이 잠들고
상쾌한 아침운동으로 시원하고 맛있는 똥을 누고
늘 창자가 가난하여 정신이 맑고 간소해지는 삶
공동체의 복지로, 기름진 논밭과 활기찬 농사 마을로,
어디서나 자연환경이 맑고 푸르게 살아 있어
가뿐한 몸 하나로 함께 즐기는 그런 세상이야

못 갖는 한이 아니라 안 갖는 긍지로 서로 나누며
조금씩 골고루 깊은 맛으로 삶을 즐기다
바람 부는 날 홀씨처럼 가볍게 지상을 떠나가는
일하는 사람들 모두가 똥배 없는 좋은 세상!

용서받지 못한 자

문맹文盲은
동정받아 마땅하고

컴맹Com盲은
도움받아 마땅하나

환맹環盲*은
지탄받아 마땅합니다

인간의 토대를 파괴하는 자
아이들의 미래를 훔쳐다 쓰는 자
오늘을 풍요롭고 편리하게 살기 위해
자신이 딛고 선 발 밑을 허무는 자는
결코 용서받지 못할 자입니다

* 환맹環盲: 환경 문제에 눈먼 사람
  '내 몸'을 살리는 '내 큰 몸'인 자연과 농사와의 관계에 무지한 사람

무장無藏 하세요

눈 푸른 비구니 스님들이 삭발한 내 모습 보시더니
어머, 우리랑 똑같으시네, 노해 언니라고 불러야겠네,
저희도 무문관 3년 결사 마치고 막 내려오는 길이거든요

스님들 참 좋아 보이시네요
학 한 마리 훨훨 날으신 듯하네요

아유 부끄럽네요 공부 길 아직 멀었어요

한 뜻을 품고 다른 길로 정진해온
좋은 길동무끼리 처음 만나서도
비록 차 한잔 나눌 수 없는 짧은 시간이지만
투명 창 너머로 푸른 산 푸른 물인데
스님들께서 나란히 합장하며 작별 인사하십니다
노해 언니 무장하세요

무장無藏 하세요!

내 안에 나도 모르게 쌓아온 것들
뿌리까지 쳐부숴 쓸어내라는 말씀

아닙니다

내 안에 밝은 하늘 이미 들어 계시니
잘 닦아 이루어내라는 말씀
아닙니다

텅 비워 나 사라진 깨끗한 자리에
닭이 알을 품듯 오래오래 품어
꽃심 지닌 언 땅처럼 치열하게 품어
푸른 내일 피워주고 훨훨 떠나란 말씀

몸부림

마음이 몸을 부리는가 몸이 마음을 부리는가
몸부림 그치고 나 누구의 몸부림인가

몸부림에 몸부림

칼 소리 피 냄새

몸부림의 절정

벽

고요

눈 내린다

겨울 차오르는

언 벽 속

몸부림도

마음부림도

그쳐라

언 땅속

흙기침 소리

씨앗 숨소리

뿌리 발 뻗는 소리

말없이 치열한 긴 호흡

푸르러 오는 감은 눈

몸부림도

마음부림도

이젠 그쳐라

몸부림 그친 자리

맑아 텅 빈 자리

다시 세상이다

세상의 눈물이다

내 안의 나 아닌 나

크신 몸부림이다

하늘 몸부림이다

가을 물소리

가을은 산 아래가 아니라 산 위에서 먼저 만납니다
내가 이 산사에서 몇 해째 가을을 맞지만 언제나 가을은 산 위에서 내려옵니다
그리고 나는 가을 산빛은 퇴색이 아니라 새로운 힘이라는 걸 느낍니다
물러나는 것이 있어야 새로 오는 것이 있음을
저 자연의 색들이 소리 없이 가르쳐주고 있는 것입니다
— 혜각 스님이 아흔두 살 되시던 해 가을에 주신 말씀

가을 산에서 가을 물소리 듣습니다

붉은 잎새도 잔가지도 벗어내린 가을 나무들은

제 몸속의 푸른 수액마저 깨끗이 비워내려

저리 맑은 계곡 물로 흐릅니다

마른 몸을 더 간소하게 더 철저하게 죽비 치며

아 겨울이 온다 겨울이 온다

엄혹한 겨울 산에서 얼지 말자

얼어 쓰러지지 말자 다시 이 겨울 살아내자며

뼛속의 물까지 아프게 흘려보냅니다

먼 길 떠나는 의로운 자의 새벽 다짐 같은

시린 가을 물소리

나오는 것이 있어야 그 자리에

새로움을 받아들일 수 있음을 알면서도

애착하던 때가 있었습니다
어제 성실하게 이뤄낸 것은
이 가을에 나누어야 하고
오늘은 더 가난해진 몸으로
겨울을 맞아야 할 때입니다
그래야만 겨울 속에 연둣빛 봄 물을
새로이 받아올릴 수 있을 것입니다

지난 불의 시절을 살아나온
마른 몸의 가을 나무들이
찬바람에 몸 흔들며
푸른 수액을 비워내리는
이 새벽녘, 귀 기울여 내 안의
가을 물소리 함께 듣습니다
곧이어 겨울이 닥쳐옵니다

부지깽이 죽비

간밤 꿈속에서 따악—
등짝을 때리는 죽비 한 대에
아픈 잠 깨어나니 그냥 눈물이 납니다

엄니!
느닷없이 울 엄니 생각이 나서

어린 내 종아리와 등짝을
따악따악 때리면서
정직해라
욕심내지 마라
남 못할 일 하지 마라
뜨거운 냉정함으로
부지깽이 죽비 내리시던
장하신 울 엄니

사형받던 나 때문에 심장병에 쓰러지고
홀몸 빈손으로 기한 없는 옥바라지 하다
큰 수술까지 받고 병상에 쓸쓸히 누워
아른아른 저 강 건너 황톳길 내다보면서

나 죽으면 어쩌나 나 없으면 어쩌나
무기수 내 아들
마지막 심지를 올려 기도 바치실
불쌍한 울 엄니

분명코 정의라면 굽히지 말고
쓰러져 쉴지언정 좌절하지 말아라
다 용서하고 아무도 탓하지 마라
겸손하게 기도하고 또 기도하거라
내 생각 말고 너는 너의 길을 가거라

따악— 따악—
다시 부지깽이 죽비 내려주실
아, 손힘마저 없이 다 바치고
가벼운 껍질만 남으신 울 엄니
홀로 누우신 당신 머리맡을
가만히 지켜드리고 싶은데

밤 깊은 적막 옥방
우두커니 벽 앞에 앉아서

그냥 목이 메인

엄니 엄니 울엄니

꽃씨를 받으며

초겨울 옥담 언덕에서 늦은 꽃씨를 받습니다
지난여름 뜨거웠던 내 마음의 꽃이었던
한련화 엉겅퀴 해바라기 분꽃……

한 번은 다 바쳐 피우고 시들어 쓰러진 꽃몸
더듬어 더듬어 사리 받아 올리듯
단호하게 응결된 한 생을 받습니다

곱은 손바닥 위에 놓여진 검고 굳은 꽃얼굴
지금 어딘가에 흔들리며 잊혀지는
우리가 뜨겁게 살았던 지난날
눈물겨운 고난의 삶이 말없이 남겨놓으신
상처난 꿈을 받습니다

겨울 몰아쳐오는 옥담 언덕에서
나도 모르게 무릎 꿇어 꽃씨 받아올립니다
다시 먼 길 나서는 순결한 가슴 가슴에
이 꽃씨 받아주십시오

오늘은 비록 생살에 박힌 총알처럼 괴로울지라도

지친 몸속의 태아처럼 무거울지라도
우리가 몸 바쳐 살아낸 지난날의 꿈
내일 다시 피어날 소중한 희망의 씨앗
피어린 이 꽃씨 받아주십시오

산정山頂 흰 이마

눈이 내립니다
흰 눈은 산 아래가 아니라 산 위에서 먼저 내립니다
그러나 봄은 산 위가 아니라 저 아래 들녘에서 먼저 옵니다
왜 퇴색하고 얼어붙는 것은 높은 곳이 먼저인가
왜 푸르게 새로 오는 것은 낮은 곳이 먼저인가

산정 흰 이마
그 시린 눈 뜨고 깨어 있는 사람만이
한겨울 속에 이미 와 있는 새봄을 알아봅니다
꽝꽝 얼어붙은 만큼 푸른 불덩이로 살아 오릅니다
겨울삶이 없이는 생명의 봄도 오지 않습니다
제 언살 터져가며 씨알 뿌리를 품에 안고 젖 물리는
참혹한 겨울 사랑만이 새 희망을 길러냅니다

저 높은 산정은 꽃피는 자리가 아닙니다
가장 먼저 얼어붙고 최후까지 얼어 있는 자리입니다
그래서 가장 끝까지 시린 눈 뜨고
새봄을 지켜보는 선각先覺의 자리입니다
산정 흰 이마의 눈동자는 언제나 저 낮은 발아래
이미 차오르는 봄빛에 눈 맞추고 있습니다

이제와 우리 죽을 때

하느님 한 가지만 약속해주셔요
제 남은 길이 아무리 참혹해도
다 받아들이고 그 길 따를 테니
제가 죽을 때 웃고 죽을 수 있게만 해주셔요

다른 거는 하나도 안 바랄게요
그때가 언제라도 좋으니
"저, 잘 놀다 갑니다"
맑은 웃음으로 떠나게만 해주셔요

저도 제 사랑하는 이들께
삶의 겉돌기나 하는 약속 따윈 하지 않을게요
오직 한 가지만 다짐할게요
우리 죽을 때 환한 웃음 지으며 떠나가자고
"고마웠습니다 저, 잘 놀다 갑니다"
그렇게 하루하루 남김없이 불살라가자고

첫마음

첫마음

한 번은 다 바치고 다시
겨울나무로 서 있는 벗들에게

저마다 지닌

상처 깊은 곳에

맑은 빛이 숨어 있다

첫마음을 잃지 말자

그리고 성공하자

참혹하게 아름다운 우리

첫마음으로

그대 속의 나

수많은 밤하늘 별 중에
내 별 하나 떠 있다
시린 가슴 떨고 있는 별 하나

수많은 세상의 나무 중에
내 나무 하나 서 있다
묵묵히 언 겨울나무 하나

수많은 숲 속의 짐승 중에
나 닮은 짐승 하나 울고 있다
동굴 속에 상처 핥는 짐승 하나

수많은 지상의 사람 중에
내 사람 하나 가고 있다
첫마음 밝혀 들고 길 찾는 사람 하나

창살 밖에 내가 산다
창살 안에 네가 산다
벽 속의 내 안에
'나 아닌 나'가 떨고 있다

넓은 세상 그대 안에

'그대 아닌 그대'가 떨고 있다

시대 고독

나에게는 80년대가
좋았던 시절만은 아니었지만 적어도 고독하지는 않았습니다
내 곁엔 늘 동지들이 있었고 진지한 학습과 토론이 있었고
현장으로 존재 이전해온 선한 대학생 친구들이 있었습니다
내 자취방엔 소주잔에 라면뿐이어도 늘 후끈했고 넉넉했고
치열한 현장 삶은 시대의 무게중심이었습니다

나에게는 이 90년대가
괴로운 시절만은 아닌데도 난 지금 이렇게 고독에 떨고 있습니다
계급 차이를 뛰어넘어 평등 세상을 함께 살며
어두운 시대의 등불이던 친구들은 이제는 다들 돌아가
계급 차이를 내놓고 살며 흘러가고 있습니다
성공으로 빛나는 벗들이 나는 낯설고 멉니다

친구들은 여전히 따뜻하게 날 반기지만
변함없이 첫마음을 힘주어 말하지만
삶이 없습니다 평등 삶이 없습니다

빠른 변화의 그늘 아래 힘없는 사람들은
더 아득해진 절망벽에 쓰러져 우는데

이젠 가난함도 나눔도 보살핌도 없이
너마저 계급 차이를 내세워 산다면

나는 이제 누구와 함께 내일을 이야기할까
오늘은 오늘의 힘없는 사람들 속에서
누구와 함께 희망을 키워나갈까
별 하나 없는 겨울 새벽길에
아 지금 나는 고독하다 고독하다 고독하다

한밤중의 삐삐 소리

삼풍백화점에 매몰된 생존자를 향해 지속적으로 삐삐 신호음을 보내는
'삐삐 구출 작전'을 시작했다는 신문 기사를 보았습니다

시멘트벽 틈에 끼어 잠든
무기징역 캄캄한 꿈길에서
희미한 삐삐 소리를 들었습니다
삐삐삐이 삐삐삐이

누구일까 이 한밤중에 첩첩 벽 속에 파묻힌
내 웅크린 잠을 깨우며 삐삐를 치는 사람은
아직도 날 잊지 않고 삐삐 신호를 보내며
이승과 저승 같은 벽을 뚫고
푸른 수의를 헤치며 여윈 내 품에 파고드는 사람은

삐삐삐이 삐삐삐이
저 붕괴된 참사 현장에서 산처럼 덮쳐 누른
콘크리트 철근더미 속에 몸 찡겨
엄습하는 죽음을 응시하며
포기하지 말라고, 널 잊지 않고 있다고,
널 기어코 찾아내고야 말겠다고,

살아 있으라고, 살아만 있으라고 부르는 소리

삐삐삐이 삐삐삐이
처참하게 무너진 한 시대의 잔해 속을
몸서리치며 빠져나가는 그대에게
앞이 안 보이는 일상 속에서 고투하는 그대에게
이젠 길 찾는 몸부림도 지쳐버린 그대에게
나 이 캄캄한 벽 속에서 눈물 어린 삐삐를 칩니다
상처 깊은 곳에 사리처럼 들어박힌
그대 첫마음을 부릅니다

우리 이렇게 살아 있다고, 그래 살아 있다고
자기 몫의 투쟁으로 살아 있다고
아직 희망으로 남아 있다고
내가 널 기어코 살려내고 말겠다고
이 한밤중에 목메이게 울리는 희망의 삐삐 소리

삐삐삐이 삐삐삐이

독방 벽 틈에서 언제부터 울었는지 귀뚜라미 울음소리

순정한 별은 지고
문익환 목사님과 김남주 시인이 떠나시던 날

순정한 사람들은 가고
너무 맑아 시리던 별들은 지고
밤하늘 적막하다

텅 빈
삶의 중심이
흩어져버린 진공의 시대에
과거가 사무치고
오늘의 짐 너무 무겁던
순정한 별들은 지고
무정한 사람들만 살아남아

무정세월 살아 견디는
지금, 나는 벽 속에서
스무날째 무서운 몸앓이 중
이런 시대는 목숨마저 위기
다음은 내 차례인가

무거운 짐 나눠 받으라
다시 목숨 걸고 떠나는

비정한 묵언 정진 길

편지

오늘도 벽 속에서
편지를 썼어요

꺾어버린 붓으로
새기듯 썼어요

쓰기는 했지만
부칠 곳이 없어

다들 흩어지고
받아줄 가슴 없어

침묵으로 흘러가는
강물 위에 던졌어요

별의 시간

이렇게 긴 이별을 견뎌내기엔
우리 사랑 너무 짧았다고 말하지 말아요
이렇게 거친 날들을 이겨내기엔
우리 사랑 언약도 없다고 슬퍼하지 말아요

우리 사랑은 별이었어요
자신을 온전히 불사른 별의 시간이었어요
차디찬 바람이 모든 꽃을 쓸어가도
그대 얼굴 그대 음성마저 희미해가도
내 가슴에 그대로 살아있는 별

진달래는 사계절을 다 살아도
언제나 불타는 꽃으로만 기억되듯
그 짧았던 별의 시간
그 순수한 절정의 시간
그것은 이대로 영영 다시 볼 수 없다 해도
세월을 거슬러 한순간 환히 시린 별
시간을 이겨내는 눈물 어린 힘입니다

참혹한 사랑

그대 소식 전해 들었습니다
우리 못 본 지 벌써 7년인데

얼굴이 몹시 안되었더라고
크게 앓아 몹쓸 수술까지 받았다고
사람들과도 잘 만나지 않는다고
내 얘기 듣고 말없이 울기만 하더라고
그래 내가 힘들까 봐 엽서 한 장 없었나요

바보같이…… 바보같이……
혼자서 여린 몸에 그 패배를, 가혹한 상처를,
그렇게 혹독하게 시대앓이를 하다니
그냥 좀 살지 몸이라도 챙기지
다들 돌아가 따뜻한 자리를 잡는데
누구보다 치열하게 살았고 다 바친 그대가
왜 바보같이 정말 바보같이
나도 가끔은 웃으며 사는데

누구보다 그대 맑은 열정과
빛나는 재능과 아름다움이 아까웠어요

그 꽃 피어날 때까지만 좀 떨어져 하라고 했는데
울며 꽃 꺾어 던지며 현장으로 수배길로 오시더니
이렇게 피투성이로 쓰러지자고
한사코 좁은 길만 걸으셨나요

이제 더는 울지 마세요 슬픔도 착함도 버리세요
떨리는 기다림도 그대 안의 나도 지워버리세요
많이 늦었지만 따뜻하게 둥그렇게
이젠 부디 행복하세요

바보같이…… 바보같이……
아아 그래도 나 홀로 삼켜온 말
사랑합니다 사랑합니다
꽃같이 싱싱하던 그대가 아니라
다시는 필 수 없는 흘러간 꽃이라도
그대의 좌절 그대의 상처 지금 모습 그대로
사랑합니다 사랑합니다
내 남은 목숨이 다하도록
멀리서…… 곁에서……

내 그리운 은행나무 아래

노란 은행잎이 떨어져 내리던
그 가을날 오후였어요
경복궁 잔디밭 은행나무 아래서
그대 무릎을 베고 누워 도란도란
시린 하늘 맑은 햇살이 너무 눈부셔
가늘게 눈 감고 아, 이대로 그만
영영 잠들어버리고 싶었어요
긴장으로 말라가던 가혹한 불의 시절
그 한가운데 남아 있는 그림 같은 한때

창살 너머 세상은 시들어만 가는데
푸르름도 뜨거움도 저만치 흘러가는데
이 적막한 벽 속 가을날 오후
가만히 눈 감고 고개를 돌리면
내 그리운 은행나무 아래 빈자리엔
노란 잎새 우수수 우수수 떨어져 내리는데

그리운 여자

눈빛 시리던 수배 시절
약속 장소에 그녀가 나타나지 않는 거예요
10분이 지나고 또 10분, 일 났구나!
긴장으로 날 선 몸 막 자릴 뜨는데
저만치 그녀가 하느적 하느적 걸어와서는

"사랑을 나누느라 조금 늦었어요
그이도 수배 중이라 어렵게 만나서……"

푸훗, 고개 돌려 웃다가 그만
화장실에 가 몰래 한참을 울어버렸지요

그녀는 이제야 예쁜 첫아일 낳았다고
축하해달라고 늘 죄송하다고
시린 눈빛 키우며 살아가겠다고

푸훗, 고개 돌려 웃다가 그만
뻥끼통에 가 한참을 울고 말았어요

'첫사랑'에 울다가

감옥에서 보여준 TV 드라마 '첫사랑'
가난한 집안에 안 좋은 일만 겹치고
사람들이 착해서 더욱 서러운 그 집에
작은아들 찬우가 법대에 붙은 거야
"해냈어, 형 나 해냈다구!"
"임마 찬우야, 너 그럴 줄 알았어, 해낼 줄 알았다구!"
두 형제가 울부짖으며 끌어안을 때
한 깊은 홀아버지도 말더듬이 누나도
이웃들까지 기뻐서 눈물에 젖을 때
나도 함께 울다 웃다 했지 뭐야

가난과 불우의 그늘을 단번에 가셔낸
저렇게 장한 일 저렇게 큰 효도
내 인생에 저런 큰일 한 번 성취해본 적이 없어서
저런 기쁨 한 번 안겨드린 적 없어서
더 가슴이 저려와 한참을 울었어

그러다 문득 널 생각한 거야
네가 대학에 붙었을 때도 저랬다지
집안의 희망이고 빛기둥이었다지

온 식구가 허리띠 조이고 논 팔고 소 팔아서
재능 있는 동생들은 학업도 포기했다지
그러던 네가 그 오랜 망설임과 고뇌 끝에
감옥을 가고 현장 노동자가 되었을 때
온 집안 식구들 하늘이 무너졌지
그러다 몇몇 친구들은 먼저 죽어 하늘을 떠돌고
이렇게 살아남은 우리……

그게 너였어, 그게 너였다구!
내가 암울한 공장 밑바닥에서 홀로 몸부림칠 때
어느 날 등불처럼 환히 다가왔던 '대학생 친구'인 너
너의 숨은 아픔 숨은 슬픔이 그랬다구
그렇게 네 부모형제까지 다 바친 거라구

그런 널 생각하며 또 한참을 울었어
설령 네가 좀 변했다 해도
조금은 때 묻고 타협했다 해도
친구, 사랑한다
야 임마, 힘내!

전봇대에 귀 대고

깊은 밤 겨울 벽 속에서 그대 편지에 얼굴을 묻고 웁니다

5년 만에 찾아뵌 당신께서는 삭발한 머리에
나직한 눈빛 나직한 음성이었습니다
고독한 긴장감이 서린 맑고 여윈 얼굴만이
벽 속의 치열한 정진을 비춰보일 뿐
영 말이 없었습니다

왜 말이 없으십니까, 갇혀서조차 왜 침묵하십니까,
왜 스스로를 파묻고 잊히려 하십니까,
왜 자신에게만 책임을 다 지우십니까,
선생님이 밉습니다

가슴속에 메아리치는 말들을 꾹꾹 눌러둔 채
짧은 접견을 마치고 서울행 밤 기차에 오르는데
당신께서 토하신 듯한 나직한 말 한마디가 따라와
그만 저를 울립니다
"아 다들 어디로 갔단 말이냐!"

밤 기차는 철커덩 철커덩 무정하게 멀어지는데
주위의 시선도 아랑곳없이 목 놓아 울고 말았습니다
이제야 찾아뵈었다는 자책 때문만은 아니었습니다
당신께서 아무도 찾지 않는 벽 속에서
신음처럼 절규처럼 그 말을 되뇌이실 때
우리 역시 허름한 자취방에서 바람 찬 거리에서
그렇게, 그렇게 절규해왔기 때문이었습니다
아 다들 어디로 갔단 말이냐!

이제야 사람들은 조금씩 자신의 생활을 가지며
깊은 상처를 아물려가고 있는 듯합니다
싸움터와 수배길과 감옥을 이름 없이 떠돌다 돌아온 책임,
실패한 전위 혁명가, 극좌 모험주의자, 소영웅주의자,
현실의 비정함과 냉소는 참담한 것이었습니다
그렇게 고개 숙여 돌아온 이들은 어디로 나아갈지요

점차 이웃과 사회에 대한 관심보다 당장의 생계와 자리잡기,
결혼하고 아이 낳아 기르며 자기 가족에 대한
살뜰한 마음이 커져가는 것을 지켜보는 건
슬픈 위안이면서 안타까움이기도 합니다

하지만 저는 봅니다 그들의 눈빛에는 아직도
그 무엇을 향한 갈증과 열망이 넘쳐흐릅니다

또한 저는 봅니다 그 눈빛이 시간의 흐름에 따라
점차 시들고 냉소와 욕망으로 빛바래가는 것을,
젊음을 다 바치고 남들보다 뒤늦게 돌아와 시작한 생활
늦은 결혼과 출산과 취업의 어려움
무엇보다 민주화 이후의 전망 없음과 운동구심의 부재가
우리를 이리 허우적거리는 고통 속으로 빠져들게 하나 봅니다

선생님, 우리는 이렇게 다들 살아가고 있습니다
듣고 계시나요, 보고 계시나요, 왜 말이 없으십니까,
왜 그렇게 스스로에게만 잔인하십니까
왜 자신에게만 책임을 다 지우십니까

내 마음속 바람 부는 들판에
전봇대 길게 선 겨울 들판에
떨며 서 있는 사람 하나
어둠 속 전봇대에 귀 대고 서 있습니다

천 리 먼 곳
그대, 아직 살아 있나요
지금 어느 거리 걷고 있나요
아직도 잊지 않고 있나요

어둠 속 창살에 기대어
밤마다 전봇대에 귀 대고
너의 슬픔 너의 분노 길 찾는 너의 몸부림
갈수록 사무치는 그리움 그리움
내 커진 귀 대고 서 있습니다

무섭게 흘러가는 세월만큼
길게 길게
아프게

반쯤 탄 연탄

겨울 눈보라 매서운 날
언 벽 속에 몸은 더 떨리고
긴 사동 복도에 하나뿐인 온기
썰렁한 난로에 연탄불을 갈다가
문득 돌아보는 창살 너머
어지럽게 날리는 눈발 사이로
지난날이 희뿌옇다
다 타버린 연탄재처럼

불처럼 살아온 내 젊은 날
돌이킬 수 없다 후회도 없다
어느새 마흔 살 언덕이 눈앞에 있다
남은 날이 많지도 않다 적지도 않다
가면 갈수록 내 첫마음 뜨겁고
몸은 여위어도 아직 머리는 검다
반쯤 탄 연탄처럼

새 연탄에 불을 붙이려면
먼저 불이 붙은 연탄이
아래로 아래로 내려가 묻혀야 하듯이

지금 저마다 자기 선 자리에서

소리 없이 자신을 아래로 내려 묻고

무겁고 축축한 오늘을 머리에 이고

남은 날을 소중히 태워가면서

뜨거운 생명불 이어가야 하리

반쯤 타다 식어버린 연탄만큼

아까운 생이 어디 있을까

나도 누군가를 흰 재로 태우며

그 목숨불 이어받아 살려졌으니

반쯤 불타오른 연탄인 우리들

뜨거운 가슴은 다시 추운 밤 불이 되고

불은 타올라 기쁘게 흰 재가 되고

산 것은 아래로 내려가 불을 물려주고

다한 것은 새 불로 이어져 살아나고

춥고 힘없는 사람들의

메아리 없는 부르짖음이

적막한 벽 속까지 쟁쟁한데

그래도 이 추운 날 스스로 밑불이 되어

낮은 곳에 내려가 묻히는 사람들 있어
이 시대 꺼질 수 없는 희망의 불은
새롭게 살아 되살아오는 것이니

아름다운 슬픔이어라
반쯤 탄 연탄의 사람들

밑바닥 누룽지

썰렁한 독방에서
식은 저녁 받고 보니
그립습니다
구수하고 따끈한 누룽지 한 그릇

다들 떠나 잊혀져가는 오늘의 현장에
썰렁한 이야기들만 들려오는데
그립습니다
무쇠솥 누룽지처럼 밑바닥에 딱 붙어
내일의 따순 희망을 익혀가는 친구들

이 추운 날 저녁에
몸서리치게 그립습니다

무지개

긴 장맛비 그치더니
아아 얼마 만이냐
경주 남산에 무지개 섰네
자연의 거대한 화선지에
오색 물감 붓으로 좌악
시원스레 한 번 그음!

흐린 세상의 흐린 마음들
비로 눈물로 씻어내리고
단 하나 절대진리의 껍질을 깨고
다섯 색깔 진리의 붓을 꺼내어
직선도 아니고 둥그스름하게 좌악
자연스레 한 번 그음!

아 우리들 첫마음의 무지개

별에 기대어

이 지상에 목숨 받고 태어난 사람들은
저 아득한 자기 운명의 별과 함께 살아간다

의지할 데 없어라

밤하늘 헤매어도

먼 그대

찾을 길 없어라

사랑이여

그대와 나 사이가

너무 멀고 험하다

세월은 얼음장 밑으로

살을 에이듯 흘러가고

그대 온기 그대 음성마저

속절없이 바래가고

우리 인연의 때는 그 언제

언 하늘 헤치며

별 하나 돋는다

오 사무친 내 입맞춤을
먼 그대에게 전할 길 없어
내 운명의 별에게 입맞춤하느니
그대 별이 내 별에게 입맞춤해준다면
살아 있겠네
살아 있겠네

눈보라 아득한 겨울 속으로
다시 길 떠나는 사람 하나
그대 변함없이 젖은 눈으로
말없이 지켜봐 준다면
심장의 고동소리 함께한다면
살아 있겠네
살아 있겠네

별에 기대어
별에 기대어

아름다운 타협

너의 변한 모습을 보았다
성난 눈동자 부드러워지고
긴장으로 말랐던 몸에 살이 오르고
일상의 재미를 느끼며 참새 같은
어린 것들의 산이 된 네 모습

고맙다 고개 숙인 네 눈물
살아있는 우리 부끄러움
그래, 혁명은 순수이지만
목숨 끝까지 밀고 나가는 거지만
삶은 현실이야
살아내야 하는 거야

삶이란 혁명의 좌절마저 품고 넘어서서
이렇게 적응하고 타협하며 살다 한순간,
젖은 눈으로 역류하는 사랑 같은 것

우리 살아야 한다
산처럼 무거운 책임감으로
생활에 착실한 뿌리를 박으며

나날이 자신을 파괴하는 것들과
끈질기게 맞서 싸워야 한다

우리 얼굴로 말하는 패배한 혁명의 순수
우리 생애로 말하는 불멸의 희망과 이상

다시 시린 눈빛 키워가는 너에게
나는 아름다운 타협을 보았다
타협이 썩지 않는 힘이기 위해서는
오늘은 오늘의 싸움이 있어야겠지
투항이 아니라면
굴종이 아니라면

자 그만 눈물을 닦아
그리고 떨리는 손을 잡아줘
순결한 패배의 손들을
힘없는 자들의 손들을
네 안의 잊혀진 네 손을

빙산처럼

빙산은 거친 파도나 바람의 방향과는 상관없이
일정한 곳을 향하여 묵묵히 전진한다
바다 위에 떠 있는 모든 것들이 바람의 방향을 따르지만
빙산만은 태풍의 진로마저 거스르며 제 갈 길을 꿋꿋이 간다
빙산은 자기 몸체의 거대한 부분을 보이지 않는
바다 속에 두고 있기에 바다 표면의 바람이 아니라
바다 깊은 해류의 흐름만을 따른다

나도 누구 못지않게 치열하게 고뇌한다고

내 삶의 자리에서 최선을 다하고 있다고

주류에 맞서 날마다 상처받고 있다고

나지막이 부르짖는 너

하지만 빠른 변화 속에 우리 다시 물어야 해

내 삶의 큰 부분을 어디에 두고 있는가

내 삶의 자리가 어디쯤 흘러와 있는가

나 무엇의 힘으로 어디로 가고 있는가

진정 내 몸과 생활과 관계의 중심부를

저 깊은 심연에 뿌리박고 있는가

거대한 폭풍마저 거스르며

깊숙한 흐름만을 따르는 빙산처럼!

지금 시대의 숨은 진실의 흐름을 따라

하루하루 꿋꿋이 진보하고 있는가

새벽별

새벽 찬물로 얼굴을 씻고 나니
창살 너머 겨울나무 가지 사이에
이마를 탁 치며 웃는 환한 별 하나

오 새벽별이네

어둔 밤이 지나고
새벽이 온다고
가장 먼저 떠올라
새벽별

아니네

뭇 별들이 지쳐 돌아간 뒤에도
가장 늦게까지 남아 있는 별
끝까지 돌아가지 않는 별이
새벽별이네

새벽별은
가장 먼저 뜨는 찬란한 별이 아니네

가장 나중까지 어둠 속에 남아 있는
바보 같은 바보 같은 별
그래서 진정으로 앞서 가는
희망의 별이라네

지금 모든 별들이 하나 둘
흩어지고 사라지고 돌아가는 때
우리 희망의 새벽별은
기다림에 울다 지쳐 잠든 이들이
쉬었다 새벽길 나설 때까지
시대의 밤하늘을 성성하게 지키다
새벽 붉은 햇덩이에 손 건네주고
소리 없이 소리 없이 사라지느니

앞이 캄캄한 언 하늘에
시린 첫마음 빛내며 떨고 있는
바보 같은 바보 같은 사람아
눈물나게 아름다운 그대

오 새벽별이네!

조건

첫마음은
성공을 통해 영글어 가고

성공은
첫마음을 통해 푸르게 빛난다

희망의 뿌리 여섯

희망의 뿌리 여섯

"시간은 누구의 편인가?" 조용히 물어보곤 합니다
가차없는 시간의 공격에 푸른 자기를 갉아먹히는 생활이라면
나이만큼 시간은 무서운 것입니다
하루하루를 잘 나누어 살아 미래를 키워가는 생활이라면
시간은 곧 희망입니다
긴 호흡으로, 시간을 자기편으로 만들어가기 위해
내 '희망의 뿌리 여섯'을 날마다 돌아봅니다

뿌리 하나 : 건강한 몸생활

강은 산을 넘지 못하고 의지는 몸을 넘지 못합니다
몸이 가버리면 투혼도 가버립니다
몸이 굳고 무거워지면 생각도 뜻도 따라서 시들어갑니다
건강은 그냥 좋은 것이거나 나중 일이 아니라
오늘 희망을 사는 사람의 첫 번째 일입니다

맛있게 먹는 것보다 맛있게 싸는 것이 건강의 첩경입니다
무얼 먹어야 몸에 좋을까? 가 아니라
어떻게 먹고 잘 쌀까? 가 더 중요합니다
과식과 기름진 육식, 독한 가공품들은 내 몸의 적들입니다

창자가 가난해야 몸이 가뿐하고 기운이 맑아집니다
몸이 푸르러야 숨이 깊어지고
고도의 정신집중을 유지할 수 있습니다
몸을 쥐어짜는 창조성은 반짝 한때입니다

정말 중요한 건 온몸을 쓰는 것입니다
매일 온몸이 땀에 흠뻑 젖도록 운동을 생활화해
몸을 탄력 있고 유연하고 푸르게 살려가야 합니다
도시인에게 운동은 취미나 선택이 아닙니다
밥을 거를지라도 운동을 걸러서는 안 됩니다

정신과 의지가 몸을 끌고 다니게 하지 마십시오
무거운 몸 때문에 빛나는 정신이 주저앉게 하지 마십시오
정신이 몸을 밀어가고 몸이 정신을 살려가게 하십시오
몸을 잃은 이상은 무너집니다
몸통하지 않는 진리는 공허합니다
몸생활의 진보가 없는 진보는 참이 아닙니다
몸은 거짓말을 하지 않습니다 몸은 속일 수가 없습니다
그 사람의 몸생활을 보면 그의 잠재력과 미래가 보입니다

뿌리 둘 : 학습하고 메모하는 생활

본격적인 지구 시대로 접어들고 있습니다
빠르게 변화하는 현실 속에서
새로운 지식을 배우고 익히지 않으면
혼돈 속에서 방향을 잃고 휘둘리거나
좁고 닫힌 과거 속에서 퇴보하고 맙니다

지금과 같은 정보 홍수 속에서는 '선택과 집중'이 중요합니다
다양하게 쏟아지는 새로운 지식과 정보 중에
가치 있는 것을 알아보고 선택하는 능력을 길러가야 합니다
그것들을 유기적으로 융합시켜 시대 변화의 대맥을 짚어가며
문제의 근원을 찾아가야 합니다
넓어지면 얇아지고 얇아지면 찢어지는 게 이치이지만
넓어진 만큼 깊어지고 커진 만큼 멀리 보는 눈으로
창조적 대안을 이끌어내는 집중 능력을 길러야 합니다
'열린 깊이'로 빠른 변화의 머리채를 쥐고
바른 방향을 잡아갈 수 있어야 합니다

틈나는 대로 메모하고 주제별로 정리하여

문제의식과 느낌과 주장을 가다듬어 가십시오
큰 것만 생각한 채 작은 생각들을
메모하고 정리하는 노력을 유보할 때
일상의 무서운 속성들이
우리의 사유 능력과 이야기하는 능력을
하루하루 퇴화시키고 말 것입니다

평생공부의 즐거움을 빼앗기지 마십시오
나날이 학습하고 쓰고 정리할 때
그 축적된 성과와 닦인 역량들이 삶을 바로 세우고
시대정신을 찾아 나가는 나침반이 될 것입니다
눈 밝아지고 속이 차오르는 지혜의 힘이 생겨야
삶은 새롭게 진보하기 시작합니다

뿌리 셋 : 감성을 새롭게 촉촉하게

새로운 미래는 늘 가벼운 몸짓으로 걸어옵니다
항상 새로운 것은 물처럼 바람처럼 스며와
어느 순간 당당한 현실로 피어나곤 합니다
그렇습니다 생동하는 삶과 사람과 현실은

위낙 크고 복잡하고 섬세하게 살아 숨쉬는 생명체라서
딱 떨어지는 논리와 이성의 그물망으로는
채 담아낼 수도 그려낼 수도 없기 때문입니다
그것들은 촉촉하고 민감한 '열린 감성'으로만,
'몸의 떨림'으로만 감지될 수 있습니다

우리 사회에는 언제 폭발할지 모르는 심각한 세대 단절,
'감성의 대단절', '문화의 골짜기'가 존재하고 있습니다
돌아보면 유교 봉건문화와 일제 식민통치, 남북분단,
군사독재 주도의 단축 근대화, 스탈린식의 사회주의 이론,
다시 이것과 봉건성이 결합된 주체사상,
미국과 일본의 자본주의 저급문화,
이것들이 서로 손잡고 우리 삶을 억눌러오다가
냉전 해소 이후 92년 서태지 세대의 등장과 함께
세계화의 대중문화 충격이 밀어닥친 것입니다

이 거대한 문화감성의 대단절을 이어내기 위해
우리가 먼저 변화해야 합니다
정치의식은 진보인데 속은 보수와 다름없는 우리들
거기다 낡은 도덕적 근엄성과 배타적 민족주의,

이분적 선악주의와 지사적 명분주의까지 결합되어
80년대 혁명적 감성과 진보성이 날로 소진되고 있습니다
90년대 시대와의 불화로 냉소와 체념에 사로잡혀가는
그런 보수 봉건적 감성과 생활문화 위에서 주장하는
사회과학적 진보가 젊은 세대들에게는
매력과 공감을 가질 리 없습니다
우리 의식과 사적 영역 곳곳에 도사린 낡은 껍질을 벗고
창조적 계승을 위해 지금 '문화 혁명'이 절실한 때입니다
진정한 진보문화는 고유한 민중문화와 전통문화를 뿌리 삼아
그것을 가장 현대적이고 기품 있고 매력 있게,
젊고 생기차고 자유롭고 글로컬하게,
아주 섹시하게 젊은 세대 속에 꽃 피워내야만 합니다

나이 들수록 퇴화하는 감성을 예민하게 닦으십시오
신세대 노래를 흡수하십시오 새로운 영상 언어와 몸짓 언어와
패션 감각을 받아들이십시오 신세대의 솔직한 본능 표출과
자유분방한 활력을 긍정적으로 받아들이십시오
그것들은 얼핏 경박하고 감각적인 것으로 느껴집니다
하지만 그 가벼움과 위태로움 속에 들어 있는
새로운 진보의 감성을 소중히 감싸고 안아주십시오

감성이 무디어지면 오직 논리와 이성과 언어로만
현실의 모든 것을 판단하고 자기를 고집하게 되어
결국 미래를 억압하고 자신을 보수화시키고 맙니다

진보한 신세대의 감성을 배우고 받아들여
바로 그 문을 통해 우리의 '앞선 과거'를 물려주고
함께 21세기 진보를 가꾸어나가야 합니다

뿌리 넷 : 새로운 인연

사람은 만남을 통해 달라집니다
관계 속에 가장 많이 배우고 변화하고 성장합니다
모든 것은 인연 따라 찾아오고
인연 따라 사라지고 인연 따라 이루어집니다
늘 새로운 '불꽃의 만남'을 가지십시오

생명체는 인브리딩 시스템(Inbreeding System, 동종교배)이
반복될수록 열등해지고
아웃브리딩 시스템(Outbreeding System, 이종교배)에서만
강인한 우성이 나타난다고 합니다

가족과 친지, 밥벌이 직장 동료, 학연, 지연의 좁고 닫힌
끼리끼리 만남에 머물지 말고 인연망을 넓혀가십시오
오래된 편안함과 친숙한 관계는 소중하지만,
만나는 사람들이 좁아지고 닫힐 때 그 관계는
점점 동질화되고 이익집단화되고 일상화되고 맙니다
지구 시대에는 개인이 직접 온 인류와 이어지고 소통해야만
온전한 사회성과 인류성이 실현됩니다

낯설고 새로운 만남을 주저하지 마십시오
창조의 불꽃이 일어나고 삶의 다차원적인 영역을 눈 뜨게 하는
새로운 만남은 그가 살아온 일생을, 그가 담아온 다른 세계를,
그가 겪어내고 참구해온 삶의 비의秘意를
한꺼번에 나누게 하고 서로를 비약적으로 성장시킵니다
그것은 만남의 신비이고 경이로운 축복입니다

새로운 인연을 맺을 수 있게 늘 신부처럼 등불을 켜고 계십시오
새로운 인연으로 자기를 더 깊게 성장시키기 위해
삶과 미래 진보에 대한 관심과 참여의 폭을 넓혀가십시오
새로운 만남의 즐거운 스트레스가 없는 삶,
불편한 진실을 껴안는 자기 변화와 성장이 사라진 삶은

이미 진보를 멈추어버린 삶입니다

뿌리 다섯 : 영성의 진보

우리는 언젠가는 죽습니다

낮과 밤이 한 쌍을 이루듯이

삶은 죽음을 등에 업고 달리고 있습니다

삶의 본질을 놓치고 삶의 수단만을 쫓을 때

죽음이 삶을 업고 달려갑니다

한겨울 속에 이미 입춘이 들어 있듯이

죽음은 삶이 다한 후에 오는 것이 아니라

지금 여기 삶 속에 들어앉아 숨쉬며 자라고 있습니다

따라서 우리는 늘 자기 안의 죽음과 인사하며

삶의 완성인 죽음을 예비해야 합니다

죽음을 마주 보면 볼수록 그만큼 유한한 삶은 소중해집니다

결국 중요한 것은 삶과 죽음의 진상眞相을

확연히 깨치는 영적 진보를 이루는 것입니다

아무리 돈이 많고 지식 있고 능력 있는 사람일지라도

영적 진보를 이루지 못하고 쓰러지면

그 한 생이 덧없고 허망한 것입니다
장군은 전쟁의 승리까지를 목숨 바쳐 생각하고
정치가는 선거의 승리까지를 목숨 바쳐 생각하지만
참사람은 자기가 죽은 이후까지를 목숨 바쳐 생각합니다

삶 너머까지를 내다보는 크나큰 허무를 품은 사람만이
늘 죽음을 마주보며 자기 삶의 안쪽에서도 싸워가며
자기를 더욱 가치 있게 바치고 나누고 보살펴나갑니다
영성이 깊어가는 사람이어야 어떤 시련과 고난 속에서도
흔들림 없는 진리의 길을 걸어갈 수 있습니다
참사람은 다른 누구를 위해서가 아니라
진정한 자신을 찾아 기쁘게 살아가기에
자기를 위함이 곧 모두를 위함이 됩니다

언제든 죽음이 오면 "고맙습니다 저, 잘 놀다 갑니다"
웃으며 떠날 수 있게 늘 자신을 성찰하며
영혼이 아주 잘 익어가는 삶을 살아야 하겠습니다

뿌리 여섯 : 나눔 그리고 참여와 연대

생명은 참 신비한 것이어서
자신을 나누어 쓸수록 자기 존재가 커집니다

자기를 나누어 커지는 데는 세 가지가 있습니다
첫째는 본능적인 것으로, 자기 짝과 후손에게
자기 생명을 나눔으로 자기를 번성시키는 것입니다
둘째는 사회적인 것으로, 노동의 관계망을 통해서,
공동선과 민주주의에 대한 주권자의 실천을 통해서
공동체 속의 자기 생명을 유지하는 것입니다
셋째는 자기와 자기 집단의 이익을 넘어
가난하고 힘없는 지구마을 이웃들과 함께 평화를 나누는
국경을 넘는 자발적 나눔과 참여입니다
이러한 나눔이야말로 지구 시대 인간성의 진보입니다

나누는 것도 하나의 능력이어서 쓰지 않으면 퇴화하고 맙니다
애호박부침 하나 쑥버무리 한 그릇을
울타리 너머로 나누며 살았듯이
아주 작고 보잘것없다고 생각할지라도 늘 나누십시오

가난하고 힘이 없어 나눌 게 없다고, 성공하고 돈을 번 다음에
여유가 생기고 나면 실천하겠다고 미루지 마십시오
당신에겐 여유가 아니라 나누는 능력이 가난한 것입니다
지금 그대로 서로의 가난을 나누십시오
가난하고 힘없는 우리들은 지금 바로 서로 나누고
의지하고 연대하지 않으면 희망이 자랄 수 없습니다

찾아가 만나서 수다라도 떠십시오
모여서 얘기하고 함께 밥 먹고 머리를 맞대다 보면
좋은 생각과 좋은 일거리가 생겨날 수 있습니다
좋은 일을 위해 노력하는 개인들과 운동단체에
당신의 가난한 월급봉투를 나누어 회비를 내고
관심과 시간을 나누어 참여하는 구체적 실천이야말로
우리 공동체와 아이들의 미래를 위한 가장 확실한 투자이며
자기 인격을 성장시키는 지름길입니다

우리는 나눔을 통해서만 하나될 수 있습니다
나눔은 나눌수록 커집니다
나누는 사람이 희망입니다

좋은 날은 하루아침에 오지 않습니다
큰 뜻만 품고서 일상의 뿌리를 다져가지 않으면
자기 몸을 망치고 과거를 팔아 살게 됩니다
근거 없는 희망만을 말하는 것은
냉소적 체념만큼이나 나쁩니다
하루하루 구체적인 생활 속에서
희망의 뿌리를 착실하게 키워가는 사람은
그 자신이 이미 희망입니다

다시 한 번 조용히 "시간은 누구의 편인가?" 물어봅니다
내 '희망의 뿌리 여섯'을 날마다 돌아보며 21세기를 바라봅니다
아, 시간이 곧 희망입니다

한 번은 다 바치고 다시

박노해의 『사람만이 희망이다』에 부침

도정일(문학평론가, 경희대 명예교수)

사람 속에 들어 있다
사람에서 시작된다

다시
사람만이 희망이다
    -박노해

1. 꿈

1980년대를 이 땅에서 살았던 사람들에게 박노해는 역사이고 상징이
며 신화이다. 그가 1984년 첫 시집 『노동의 새벽』으로 세상에 알려지고
1991년 사노맹(남한사회주의노동자동맹) 사건으로 검거되기까지는 7년
세월에 불과하다. 그 7년 동안 그는 시대의 아픔이었고 불꽃이었으며
함성이었다.

고달픈 저임금 노동자로부터 몸을 일으켜 이 나라 최초의 빛나는 노동
자 시인이 된 희귀한 존재, 노동해방의 꿈을 사회 변혁의 방법으로 이
땅에 실현해보고자 했던 젊은 혁명가, 사회 모순이 절정에 달했던 시대
의 고통과 꿈과 투쟁을 기적처럼 한 몸에 구현했던 투사— 문학사적으
로나 사회사적으로 우리는 그런 존재를 다시 만날 수 없을지 모른다.

그 고통의 역사, 꿈의 상징, 투쟁의 신화는 지금 햇수로 다시 7년째 푸른

죄수복에 싸여 어둡고 좁고 차가운 감방에 갇혀 있다.

그의 고통, 그를 괴롭히던 모순의 역사는 끝났는가? 해방의 꿈은 사라졌는가, 다만 연기되었는가? 연기된 것이라면, 한 흑인 시인의 물음처럼, 그 연기된 꿈은 어찌 되는가?— 햇살 속의 건포도처럼 말라붙는가, 폭발하는가, 푸른 하늘에 종달새로 날아오르는가? 투쟁은 끝났는가? 감옥에서 그는 무엇을 괴로워하고 무엇을 반성하며 무슨 생각을 하고 있을까? 그는 변했을까? 어떻게?

지금 우리 앞에는 먼 고도에서 온 유배자의 편지처럼 그의 옥중음이 한 권의 책이 되어 날아와 있다. 그의 소리를 듣기 위해 우리는 서둘러 그 책을 펼친다.

그에 대한 기억이 어떤 것이건 간에 우리는 누구도 '박노해'를 지울 수 없다. 그의 성공과 실패, 성취와 좌절은 이 시대 모든 한국인의 삭제할 수 없는 운명의 일부이기 때문이다. 집단적으로, 현대 한국인은 박노해라는 이름 앞에 어떤 반응을 보이는가에 따라 여러 부류의 이해집단으로 나누어진다. 개인 차원에서도 우리는 모두 내부적으로 제각각 몇 퍼센트씩은 그를 유배한 자이고 동시에 그의 지지자이며, 비판자이고 동조자이다. 한 시대, 한 사회의 집단적 운명을 이처럼 자기 개인의 운명에 붙들어 맨 존재가 일찍이 있었던가!

어떤 부류의 한국인들에게 박노해는 시종일관 악몽의 이름이고 오류 그 자체이다. 이들이 박노해라는 이름 앞에서 보이는 반응은 망각 충동의 재빠른 발동이다. 악몽은 빨리 잊어버릴수록 좋고 오류와 착오는 얼른 다스려져야 하며, 따라서 박노해는 잊혀져야 한다. 이 부류의 사람들에게 박노해가 대표하는 것은 착오의 유령과도 같다. "오, 사라져라! 착오의 유령이여, 지금은 이미 너의 연대가 아니다. 사라져라, 네가 속했던 너의 세월, 그 착오의 연대 80년대 속으로!” 라고 그들은 말하고 싶어한다. 그러나 이들은 결코 망각해서는 안 될 극히 중요한 사실 몇 가지를 망각하고 있다. 우선 그들은 노동자 시인 박노해가 당초에 품었던 꿈, 그의 소망, 그의 갈구가 얼마나 평화롭고 소박한 것이었던가를 까맣게 잊고 있다.

그의 첫 시집 『노동의 새벽』을 다시 읽어보며 확인하라. 거기서 그가 절절하게 노래한 것은 투쟁도 혁명도 계급도 아니다. 그것은 그저 사람대접 해주는 일터에서 평화로이 즐겁게 노동하고 하루 일이 끝나면 가족들과 평온한 저녁을 갖고 싶다는 소박하기 이를 데 없는 노동자의 꿈이다. 이런 구절들을 보라. “상쾌한 아침을 맞아/ 즐겁게 땀 흘려 노동하고/ 뉘엿한 석양녘/ 동료들과 웃음 터뜨리며 공장문을 나서/ 조촐한 밥상을 마주하는/ 평온한 저녁을 가질 수는 없는가”(「평온한 저녁을 위하여」), “아 우리도 하늘이 되고 싶다/ 짓누르는 먹구름 하늘이 아닌/ 서로를 받쳐 주는/ 우리 모두 서로가 서로에게 푸른 하늘이 되는/ 그런 세상이고 싶다”(「하늘」), “일한 만큼 찾아들고, 사람대접 받는/ 그런 일터를 꿈꾸는데”(「떠다니냐」), “우리는 조용히 살고 싶다/ (중략)/ 우린 돌처럼 풀처럼 조용히 살고 싶다”(「바람이 돌더러」) ―이것이 노동자 시인 박노해가 『노동의 새벽』에서 노래한 간절한 꿈의 내용이고 소망의 전모이다. 이 꿈이 악몽이고 오류이고 착각일 수 있는가? 누가 그렇게 말하는가?

그런데 그 꿈 ― 결코 악몽, 오류, 착각일 수 없는 그 꿈을 품는 일 자체가 악몽이고 오류이고 착각이 되게 하는 기이한 현실 모순을 보고 깨닫는 순간 노동자 시인 박노해가 탄생한다. 착각일 수 없는 꿈을 착각이 되게 하고 헛꿈이 되게 하는 이상한 현실, 그것이 박노해를 시인으로 나서게 한 현실 문맥이다. 지금 그를 재빨리 잊어버리고자 하는 사람들이 기억해야 할 것은 바로 이 점이다.

그가 시인이 된 것은 시인이고자 하는 고상한 충동 때문에서가 아니라 노동자를 "슬픔과 절망의 밑바닥"을 헤매게 한 지옥의 조건 때문이다. 박노해의 경우 비록 그의 문학적 걸출성이 희귀한 것이라 할지라도, 그 출현 자체는 결코 우연한 사건이 아니다. 노동자 시인 박노해는 80년대에 이르러 절정에 달한 사회적 모순의 결과이며 노동의 삶을 지옥의 조건에 묶어둔 집단적 고통과 절망의 산물이다.

'저임금 장시간 노동'의 노예 사슬은 새삼 언급하기가 민망할 정도로 80년대 우리 사회의 엄연한 노동현실이었다. 『노동의 새벽』에 나오는 중심 화자는 "10년 걸려 목메인 기름밥에"(「바겐세일」) 일당은 겨우 4천 원짜리인 노동자이다. 4천 원이라면 1984년 기준으로 개봉관 영화 한 편의 관람료에 불과하다. 노동자를 슬픔과 불안에 떨게 하고 그의 꿈을 산산조각 나게 했던 그 절망적 조건을 지금 많은 한국인들은 마치 100년 전의 일인 양 까마득히 잊고 있다.

이 발 빠르고 경박한 망각은 박노해에 대한 오해와 왜곡을 부추길 뿐 아니라 우리 자신의 최근접 과거에 대한 망각을 조장하고 박노해를 탄생시킨 현실 모순의 거짓 없는 역사성을 왜곡한다. 출간 당시 『노동의 새벽』이 우리에게 감동과 충격을 준 것은 그것이 노동자의 삶을 노동자 자신의 체험과 언어로 표출한, 우리 문학사상 최초의 놀랍고 진솔한 문학적 성과였기 때문이다.

깊은 밤 다시 그 시집을 펴들고 거기 수록된 시편들을 눈물 없이 읽을 수 있는지 확인해보라. 동료의 잘린 손을 전해주기 위해 그의 집을 찾아갔다가 "서글한 눈매의 그의 아내와 초롱한 아들놈을 보며/ 차마 손만은 꺼내 주질 못"하는「손 무덤」의 화자, 노동에 손가락이 문드러져 동사무소에서 아무리 지장을 찍어도 지문이 나오질 않는「지문을 부른다」의 공장 동료들, 바깥의 억압을 집에 돌아와 아내에게 반복하고 "나 역시 아내를 착취하고/ 가정의 독재자"가 된 것은 아닐까라며 자신을 아프게 반성해보는「이불을 꿰매면서」의 노동자— 이런 작품들은 박노해를 통해서만 우리가 접할 수 있었던 처절하고 감동적인 노동의 서사이며 한 시대 노동의 운명에 대한 진실한 증언이다. 그 처절한 서사, 그 진실한 증언이 악몽이고 오류이고 착각일 수 있는가? 누가 그렇게 말하는가?

노예는 풀려날 것을 꿈꾸고 눌린 자는 헤어날 것을 꿈꾼다. 박탈당한 자는 그 박탈의 조건을 제거하려 한다.

"안 쓰고 안 먹고/ 조출철야 휴일특근 몸부림쳐도/ 가불액만 늘어가"는(「어디로 갈꺼나」) 노동의 삶은 그 질곡으로부터의 해방을 꿈꾸고, "졸음보다 더 굵다란/ 저임금의 포승줄에 끌려/ 햇살도 찬란한 번영의 새 아침을/ 졸며 절며/ 지옥 같은 전쟁터/ 저주스런 기계 앞에/ 꿇어앉"아(「졸음」) "어쩌면 나는 기계인지도 몰라/ (중략)/ 어쩌면 우리는 양계장 닭인지도 몰라"(「어쩌면」) 어리둥절해 하는 젊은 노동자는 "단 한 순간만이라도 인간이"(「삼청교육대 I」) 되고 싶어한다. 질곡에서 풀려나 인간이 되고 싶어하는 이 노예의 꿈이 박노해가 품었던 '노해'의 꿈, '노동해방의 꿈'이다.

이 해방의 꿈이 그토록 불온한가? 악몽이고 오류이고 착각인가? 잠을 못 자 "미치게 미치게 졸려" "차라리 차라리 우린/ 자동기계가 되었으면,/ 잠 안 자는 짐승이"(「졸음」) 되었으면 하고 바라는 스물일곱 청춘의 역설적 소망은 불온한가? 부잣집 개도 안 먹을 밥을 먹으며 하루 14시간 손발이 붓게 일해도 하루 벌이는 2,800원, 그래서 "켄터키치킨 한 접시 먹으면 소원이 없"겠다고(「가리봉시장」) 말하는 '시다'의 꿈은 불온한가? 그렇다. 그 꿈은, 박노해가 살았던 시대의 논리에서는, 그리고 지금도 상당 부분, 불온하고 위험한 것이다.

결코 불온한 것일 수 없는 꿈을 불온한 것이게 하는 이상한 모순의 현실— 바로 그 이상한 모순을 인지하는 순간 박노해의 시편들 속에 인식 주체로서의 노동자들이 등장한다. 그들은 누가 일러주어서 무언가를 알게 된 존재들이 아니라 자기네 노동의 삶으로부터 깨우치고 노동현실의 모순을 인식하게 된 사람들이다. 그들이 알게 된 것은 "전력을 다 짜내어 뛰어도/ 갈수록 멀어져만 가는/ 황새를 뱁새걸음으로,/ 공작새를 장닭으로,/ 승용차를 맨발로 따라 뛰며/ 죽기까지 손발을 멈출 수 없"고 "죽음이 아니라면 멈출 수 없"는(「멈출 수 없지」) 노동의 운명이다.

이 운명은 마르크스가 「소외된 노동」에서 역설어법으로 표현한 노동자의 기이한 운명, 일하면 일할수록 더 궁핍해지고 질곡에서 벗어나기 위해 발버둥치면 칠수록 더 얽매이는 그 이상한 운명의 묘사와 빈틈없이 일치한다. 그러나 이 모순은 박노해의 노동자 화자들이 마르크스를 읽어서 알게 된 진실이 아니다. 그것은 그들 스스로 깨우친 거대한 각성이며, 마침내 "이놈의 세상이 어찌 된 세상인지/ 누구를 위한 세상인지/ 우리들 거대한 통박으로 안다"(「통박」)에 도달하는 인식 내용이다.

인식 주체는 자기 삶이 질곡이라는 사실을 알 뿐 아니라 '무엇이' 그의 삶을 '왜' 질곡 속에 묶어두는가를 '아는' 주체이다. 박노해의 문학은 모순과 그 모순의 구조를 인식하는 주체로서의 노동자를 제시했다는 점에서도 우리 문학사에 한 획을 긋는 노동자 문학이다.

그 인식 주체는, 일단 질곡의 조건과 이유를 알게 된 순간부터는 그것들을 해소하여 자기를 해방시키려는 목적 추구의 주체로 발전한다. 이 추구 주체의 자기 해방을 향한 실천이 '노동해방운동'이다. 꿈이 운동으로, 인식 주체가 해방 추구의 실천 주체로 발전한 이 과정은 결코 이해하기 어려운 것이 아니다. 그것은 극히 자연스럽고 당연한 발전이며 이상할 것도 불온할 것도 없는, 산 인간이라면 그 길을 밟지 않을 수 없는 너무나 인간적이고 필연적인 운동의 시발이다.

정의의 신이 있다면 그는 백 번도 더 이 인간 되찾기의 과정에 동참하고 그 운동을 지지했을 것이다. 이 진행 과정은 박노해의 문학이 어째서 단순한 '노동문학'의 차원에 머물 수 없었는지, 그것이 왜 '노동해방문학'으로 나가지 않으면 안 되었는지를 설명한다. "계급사상이 골수에 박힌 저들은/ 가진 자와 노동자는 사슴과 돼지처럼/ 별종別種으로 구분되기를 원할지 모르지만/ 그대들이 짓밟고 깨뜨릴수록/ 우린 더욱더 힘차게/ 인간으로/ 평등으로/ 민주주의로/ 통일로/ 솟구치는/ 갈수록 뜨겁게 달아오르는/ 이 숙명적인 대결을/ 어찌한단 말이냐"(「대결」).

1987년 6.10 항쟁에 뒤이어 터져 나온 그해 여름의 노동자 대투쟁 과정을 거치면서 노동해방운동은 마침내 우리 근현대사에서 그 유례를 찾기 어려울 만큼 단단하고 선명한, 너무도 단단해서 오히려 인간이 거의 보이지 않는 '확신의 주체'들을 형성한다. 마니키아적 선/악 이분법으로 선명하게 무장한 이 확신의 존재들은 사회적 생산관계의 틀을 특정 방식으로 완전히 새로 짜야 한다는 사회 변혁의 프로그램을 공식화하고,

노동해방문학은 이 확신 주체들의 손에서 중요한 투쟁무기의 하나가 되기에 이른다.

2. 겨울 향기

시집의 겉모양을 말하는 것은 이 자리에서는 온당한 일이 아닐 테지만, 박노해의 피검 2년 후인 1993년에 나온 그의 두 번째 시집 『참된 시작』(창작과비평사)은 그 표지, 장정, 제본 상태가 "울퉁불퉁 참 지 맘대로 생겨뻗졌네" 라고 시인이 노래한 「모과 향기」의 그 모과를 생각나게 하는 데가 있었다. 4년이 지난 지금 서가에서 다시 그 시집을 꺼내 먼지를 닦아내고 보아도 모과의 인상은 여전하다. 아니, 여전하다기보다는 더하다. 밝은 기운이라고는 없는 우중충한 바탕색에 상장喪章 같은 몇 개의 검은 글자와 점묘 처리된 시인의 흐릿한 초상 등으로 꾸며진 시집 표지는 4년 세월에 한참 더 변색해버린 모과 껍질 같기도 하고 경주 남산교도소 담장 안쪽의 싸늘한 응달 같기도 하다. 제본 솜씨도 야물지 못해 툭툭 떨어져 나온 책갈피가 봉제공장 초년생 '시다'의 시침질처럼 참 제멋대로다. 대낮에도 불을 있는 대로 다 켜둔 고촉광의 휘황한 커피 전문점에 앉아 전깃불만 많이 켜두면 세상이 밝아지기라도 한다는 듯 "컴컴한 것은 싫어" 라고 말하는 아이들이 세상을 상속하겠다고 나서는 이 90년대에 시집 표지를 그렇게 만든 건 완벽한 시대착오 같아 보인다.

그런데 이상도 하지, 그 못생긴 시집은 출간 이후 한동안 시집 부문의 '잘 나가는 책'의 하나가 되었다. "울퉁불퉁 참 지 맘대로 익어온 모과처럼/ 모순투성이 땅과 바람에 성숙해온 우리" 라고 말하는 「모과 향기」의 시인에게는 그 시집이 모과의 몰골을 하고 나온 것이 훨씬 더 어울리는 일이었을까? 모과는 그 자체로도 모순이다. 그 못생긴 것이 어디서 그런 향기를 뿜어올린단 말인가? 그런데 시인은 모과의 이 모순을 잘도 이어붙여 "울퉁불퉁 참 지 맘대로 생겨뻗졌네/ 그래서인가 어쩨 이리 향기가 참한지"라고 노래한다. 그는 모과가 못생겼지만 '그래도' 향기 는 좋다고 말하지 않고 못생겼기 '때문인지' 향기가 참하다고 말하는 것 이다. 많은 사람들이 『참된 시작』을 구해 읽은 것은 이 모과처럼 생긴 시 집의 어떤 향기 때문이었던가? 무슨 향기?

1991년 검거되기 얼마 전, 신문에 팩스 통신문을 보내고 자기 정체를 드 러내는 등 박노해의 행동에는, 그래야 할 어떤 사유가 있었는지 모르지 만, 얼른 잡히고 싶은 무의식에 떠밀린 사람의 피체충동 같은 것이 있어 보였다. 그 무렵 그는 이미 어떤 형태의 '끝막음'을 자기도 모르게 바라 고 있었던 것일까? 오랜 수배 생활과 고달픈 투쟁이 그를 지치게 한 것 일까? 알 수 없다. 우리가 아는 것은 1991년이라는 해가 나라 안팎의, 특 히 바깥세계의 정세변동이 '사노맹'의 투쟁 노선에 대한 대중적 지지를 한참 무너뜨리기 시작한 시점이고 이런 정황은 투쟁 주체들의 확신 체 계에도 알게 모르게 큰 구멍을 내고 있었던 시점이라는 것이다.

밖에서 보기에는, 박노해를 중심부에 둔 노동해방문학운동 주체들의 논 리, 노선, 투쟁 방식, 문학론에는 오류란 것이 있을 수 없는 것 같았다. 그 들은 진리 그 자체였다. 그 놀라운 확신과 진리의 광휘로 빛나던 존재들 이 "세계를 뒤흔들며 모스크바에서 몰아친 삭풍"이라고 박노해가 표현 한 그 정세변동의 바람에 휩쓸려 한순간에 무너지거나 종적을 감추고 "우리는 패배했다"며 쉰 팥죽 사발 거품 터지는 듯한 소리나 낸 것은, 보 는 사람을 일단 비애롭게 하는 데가 있었다. 외풍이 비록 거센 것이었다하지만 외부 변동에 밀려 그토록 단숨에 무너질 것이었다면 그렇게 단단해 보이던 확신 주체들의 그 단단함의 근거, 그 확신의 뿌리는 어디에 있었는가? 소비에트 체제는 그 확신 주체들에게 그토록 절대적인 믿음의 대상이었던가? '패배'의 원인과 의미는 단수인가 복수인가?

짐작건대 『참된 시작』의 1, 2부 옥중시편들을 대한 독자들 중 상당수는 이런 질문들을 포함해서 옥중의 박노해로부터 듣고 싶은 것이 많았을 것이다. 하지만 그 시집 출간 당시의 박노해는, 지금도 그렇지만, 자기 생각을 마음대로 밝힐 수 있는 공간에 있지도 않았고 시기적으로도 1993년은 그가 자신을 정돈된 언어로 표현할 수 있는 시간이 아니었다. 한동안 격렬하게 온몸으로 타오르다가 갑자기 꺼져버린 불꽃— 이것이 그 무렵의 박노해이다. 불꽃에는 이중의 긴장과 고통이 있다. 타오르는 불꽃은 자기를 태워 불꽃을 내야 하는 고통과 긴장을, 갑작스레 꺼짐을 강요당한 불꽃은 꺼짐의 쓰라린 아픔을 갖는다. 불꽃의 돌연한 소멸— 피검 이후 상당 기간 박노해는 이 급격한 운명의 변화가 몰고 온 고통과 자책 속에 휘청이며 죽음의 유혹에 끌리고 있었다. 찬물을 뒤집어쓰고 꺼지는 불꽃은 빛은 잃을지라도 열기를 잃지는 않는다. 뜨거운 열기는 그대로 남아 뜨거운 아픔이 된다.

이 아픔은 『참된 시작』의 시편들에서 '신열'과 '신음'으로 나타난다. "찬 마룻바닥에 모로 누워 회색벽에/ 무겁게 토해내는 신열의 부르짖음/ 무너졌다, 패배했다, 이렇게/ 흐르는 눈물 흐르는 대로 흘러/ 그래 지금 침묵의 무덤을 파고/ 나를 묻는다 나를 암장한다"(「경주 남산자락에 나를 묻은 건」)는 꺼진 불꽃의 신열은, "한 순간에 조직도 사람들도 차갑게 등돌리며 떠나간 날/ 이제 누가 나와 함께 절실하게 울어줄까/ 누가 나에게 푸른 숨결 불어넣어줄까/ 누가 이 패배자를 사람 그 자체로 품어줄까"(「그리운 사람」)라든가 "아 지금 나의 침묵은 패배의 무게에 짓눌려/ 얼음강 짜개지는 신음입니다"(「상처의 문」) 같은 대목에서는 높은 볼륨의 신음으로 울려 나온다.

이 신열과 신음은, 이 차원에서, 쓰러진 명분에 대한 반성적 언어이기보다는 꺼지는 불꽃의 신열이고 신음이며, 패배감이 토해내는 고통의 소리이다. 그러므로 『참된 시작』의 옥중시들에서 우리가 우선 먼저 듣게 되는 것은 무너짐의 이유를 생각하는 명징한 언어도, 미래를 위한 정리된 생각일 수도 없는 고통 그 자체이며, 독자는 그 고통에 대한 인간적 경험을 공유하도록 권고받는다.

그러나 『참된 시작』 단계의 박노해에게 신열과 신음만 있었던 것은 아니다. 이미 이 무렵의 시인에게는 "신열의 부르짖음" 안으로 소리 없이 고여드는 성찰과 추스림의 자세가 있다. 이 성찰과 추스림은 자결을 생각하는 비장한 순간(「마지막 시」)을 넘긴 이후의 박노해, 우리가 마침내 '겨울나무'의 이미지로 만나게 되는 박노해의 훨씬 냉철해진 내면 모습이다.

시집 표제가 된 "참된 시작"은 「그해 겨울나무」의 끝구절이다. 그것은 표제시의 형태로 제시되지 않고 「그해 겨울나무」 속에 씨앗처럼, 뿌리처럼, '묻혀' 있는 것이다. 그러나 그것은 묻혀 있음으로 해서 더 암시적이며, 그 암시성은 「그해 겨울나무」의 다른 명시적 구절들과 짝을 이루어 이미 1993년 박노해의 내면에 진행되고 있던 성찰의 내용과 성격이 어떤 것이었던지를 짐작하게 한다. "다 떨궈주고 모두 발가벗은 채/ 빛남도 수치도 아닌 몰골 그대로/ (중략)/ 아무 말도 아무 말도 필요없었

301

다/ 절대적이던 것은 무너져내렸고/ 그것은 정해진 추락이었다" 라는 대목이라든가 "죽음 같은 자기비판을 앓고 난 수척한 얼굴들은/ 아무데도 아무데도 의지해서는 안 된다는 것을 잘 알고 있었다" 같은 구절에서 독자는 "절대적이던 남의 것"이 무엇을 지칭하는지, 그리고 "아무데도 아무데도 의지해서는 안 된다"는 성찰의 내용이 무슨 뜻인지 짐작한다. "마침내 겨울나무는 애착의 띠를 뜯어 쿨럭이며 불태웠다" 라는 구절에서도 우리는 "애착의 띠"를 벗어던지는 시인— 화자의 명시적 진술을 만난다. "애착의 띠"라는 표현 자체는 시적 암시 언어의 모호성에 둘러싸여 있지만 그것이 버림 또는 포기의 대상이라는 것을 이해하는 데는 별 어려움이 없다. 죽음의 유혹, 죽음 이상의 고통을 견디어내는 사이 시인은 이미 상당한 정도의 자기 성찰에 도달하고 있었던 것이다.

겨울나무의 이 성찰은 자기 자세를 다시 가다듬는 추스름을 동반한다. "몸뚱이만 깃대로 서서/ 처절한 눈동자로 자신을 직시하며/ 낡은 건 떨치고 산 것을 보듬어 살리고 있었다/ 땅은 그대로 모순투성이 땅/ 뿌리는 강인한 목숨으로 변함없는 뿌리일 뿐/ 여전한 것은 춥고 서러운 사람들"이라는 대목은 버릴 것과 다시 보듬어 살릴 것을, 변한 것과 변하지 않은 것을 분별하고 "마디를 굵히며 나이테를 늘리며/ 뿌리는 빨갛게 언 손을 세워 들고/ 촉촉한 빛을 스스로 맹글며 키우고 있었다"와 "모두들 말이 없었지만 이 긴 침묵이/ 새로운 탄생의 첫발임을 굳게 믿고 있었다/ 그해 겨울, 나의 패배는 참된 시작이었다"에서는 버릴 것은 버리고 다시 일어서려는 새로운 시작의 의지를 표출한다. "모두 다 떨궈주고 모두 발가벗은" 겨울나무는 그 상실의 아픔에도 불구하고 소생의 힘과 신념을 뿌리에 간직한다. 그러나 그 소생은 옛것의 소생이 아니라 새로운 것의 탄생이고 참된 시작이어야 한다—「그해 겨울나무」는 이렇게 과거를 성찰하면서 동시에 새로운 출발의 의지를 표명한다.

그 "참된 시작"이 무엇을 말하는 것인지는 『참된 시작』의 옥중시편들 속에 충분히 표출되고 있지 않다. 앞서 말했듯, 이 무렵의 박노해는 그 새로운 시작을 소리 없는 성찰의 형태로 모색하는 것 이상의 작업을 할 수 있는 정황이 아니었다. "참된 시작"이 한 편의 시로 주제화되지 않고 「그해 겨울나무」의 한 구절로 묻혀 있는 것은 그것이 그때까지는 다만 씨앗이었기 때문이다. 이 씨앗은 『참된 시작』의 여러 시편들에 등장하는 뿌리, 겨울, 새잎 등의 이미지들과 연결되어 있다. "경주 남산자락에 나를 묻는" 자기 암장조차도 이 문맥에서는 죽음의 의식이 아니라 소생과 재탄생을 위한 준비 절차가 된다. 녹색 기사처럼 겨울 속에 자기를 묻으며 다시 소생할 것을 다짐하는 외로운 씨앗, 다 앗기고도 겨울을 이기기 위해 앙상하게, 그러나 "핏속으로 뼛속으로 차오르는 푸르름"을 꿈꾸며 강인한 뿌리로 버티면서 소생을 다짐하는 겨울나무, 이것이 『참된 시작』에서 우리가 만나는 '그해 겨울' 박노해의 모습이다.

겨울나무는 왜 버티는가? 왜 버티면서 소생을 다짐해야 하는가? 「그해 겨울나무」의 화자는 바로 그런 물음에 대답하듯 "땅은 그대로 모순투성이 땅"으로 남아 있고 "춥고 서러운 사람들"은 여전히 춥고 서러우며 이들을 춥게 하는 긴 겨울이 "언제 끝날지는 아무도 말할 수 없"기 때문에 라고 말한다. 모순의 땅이 모순의 땅으로 그냥 남아 있는 한 겨울나무는 버티어야 하고 겨울이 계속되는 한 겨울나무는 그 겨울을 버티어내야 한다.

이것은 신념의 표현이자 그 신념의 부패하지 않은 순결성과 사라지지 않는 항구성에 대한 확인이기도 하다. 겨울나무는 죽지 않는다. 그것은 "강인한 뿌리"를 갖고 있다. 그 뿌리가 강인한 것은 그것이 썩지 않는 뿌리, 죽지 않고 죽을 수 없는 생명의 뿌리이기 때문이다. 겨울나무의 인동忍冬을 지탱하는 이 뿌리는, 구차한 설명 필요없이, 사람다운 삶을 위해 싸워온 이 노동자 시인의 한결같은 꿈, 억눌리고 박탈당한 사람들이 그 박탈의 조건을 벗어나려는 해방의 꿈이고 희망이고 열망이다. 그 꿈은 죽지 않고 사라지지 않는다. 그것은 수백 번의 겨울이 와도 "핏속으로 뼛속으로 차오르는 푸르름"을 꿈꾸며 살아남아 봄을 끌어당기고 봄을 찾아 나선다.

이 꿈의 순결성이 시 「모과 향기」에서 발산되고 있는 '향기'이다. "울퉁불퉁 참 지 맘대로 생겨뻗겼네/ 그래서인가 어째 이리 향기가 참한지/ 문풍지 우는 겨울 앞에서/ 그대에게 가져다줄 모과를 써네"― 이 모과는 시인― 화자 자신의 의탁물이면서 동시에 "모순투성이 땅과 바람에 성숙해온 우리"의 비유물이다. 화자는 마치 그 자신을 썰듯 모과를 썰고 그 저며진 살점 하나하나에 담긴 향기를 그대에게, 세상 사람들에게 내보낸다. 기억하라, 우리의 꿈과 투쟁, 우리의 열망은 부패한 탐욕이 아니라 순결한 향기였다는 것을 ―화자는 그렇게 말하고 싶어한다. 모과 향기를 내보내는 화자의 언어는 기도와도 같다. "울퉁불퉁 참 지 맘대로 익어온 모과처럼/ 모순투성이 땅과 바람에 성숙해온 우리,/ 패인 가슴 험집마다 향즙 고여들 수 있다면/ 살마다 피마다 해맑은 투쟁의 향기/ 의연한 빛살처럼 뿜어오를 수 있다면/ 찬 시절도 참담함도 이리 뜨겁게 껴안는 것을/ 상처 위로 다시 찍혀오는 이 아픔마저도". 이 해맑은 꿈의 향기는, 언 땅에 깊이 박힌 뿌리 말고는 아무것도 가진 것 없이 다 떨구고 부끄러운 것들 다 버린 겨울나무의 항구한 긍지이고 자랑이다. 그 향기는 박노해의, 그리고 세상 모든 그대들의 겨울나무를 다만 견디게 할 뿐 아니라 참으로 아름다운 것이게 한다.

3. 길

『참된 시작』의 출간으로부터 다시 4년 세월이 흐른 지금, 우리 앞에는 박노해의 명상집 『사람만이 희망이다』가 나와 있다. 박 시인은 단 한순간도 자신에게 이완을 허용하지 못하는 사람 같아 보인다. 감옥은 편할수 없고 안거安居일 수 없는 형벌의 장소이며 그렇기 때문에 거기 갇힌 사람이 자기를 부단히 닦달질하기란 쉬운 일이 아니다. 갇혀 있음만으로도 충분한 형벌인 곳에서 자기를 닦달질한다는 것은 이중의 형벌이고 고행일 것이다.

그러나 박 시인에게 지난 4년은 그 자신의 표현대로 가혹한 "삭발 정진"의 시간이었던 것으로 보인다. 서른다섯 살의 청년은 7년 옥살이에 벌써 불혹의 연배가 되고, 그는 그 '불혹'의 요청에 답하려는 듯 쉴 새 없이 생각하고 번민하고 모색하는 정진의 흔적과 결과를 『사람만이 희망이다』에 담고 있다. 거기에는 지속과 변모가 있고 더 깊어짐과 더 넓어짐의 성취가 있다.

모든 것이 쉽게 변하고 빠르게 회전하는 이 시대에 변하지 않고 남아있는 항심恒心은 소중하고 아름답다. 우리가 이번 명상집에서 일단 먼저 주목해야 할 것은 박노해에게 변함없이 그대로 남아 있는 어떤 것의 존재와 중요성이라는 문제이다. 그의 경우 이 불변성은, 우리가 앞서 겨울나무, 뿌리, 씨앗, 암장, 향기 등과 관계 지어 '사람다운 삶을 지향하는 꿈' 또는 '죽지 않고 사라지지 않는 꿈'이라 부른 바로 그 희망, 신념, 열망이다. 그 꿈은 『노동의 새벽』에서부터 『참된 시작』에 이르기까지 시인 박노해의 삶과 실천을 이끈 지속적인 힘이며 좌절과 패배 속에서도 그를 지탱한 순결한 에너지이다.

그러므로 이번 명상집의 여러 글들과 운문들이 다시, 그리고 여전히, 그 꿈을 노래하고 있다는 것은 전혀 놀라운 일이 아니면서 동시에 우리가 주목해야 할 부분이다. 그것은 박노해를 박노해이게 하는 '항상심'이며 그의 첫마음이자 마지막 마음이다.

이 명상집에 수록된 「첫마음」, 「새벽별」, 「겨울 사내」, 「종달새」 등은 그 꿈의 항상성을 보여주는 대표적 글들이다. 이 네 편의 글들은 한결같이 그 꿈을 확인한다. 그러나 이 글들이 대상으로 하는 청자는 각각 다르다. 「첫마음」과 「새벽별」은 시인이 그의 '변치 않은 벗들'에게 보내는 글이고, 「겨울 사내」는 '마음 변한 옛 친구들'에게 띄우는 편지이며, 「종달새」는 세상의 억압 세력들에게 내보내는 결연한 선언이다.

「첫마음」에는 "한 번은 다 바치고 다시/ 겨울나무로 서 있는 벗들에게"라는 헌사가 붙어 있다. "저마다 지닌/ 상처 깊은 곳에/ 맑은 빛"을 담고 있는 변함없는 옛 친구들은 시인 그 자신처럼 겨울을 견디는 겨울나무들이다. 그들에게 그는 "첫마음을 잃지 말자"는 격려를 띄우면서 동시에

그리고 성공하자
참혹하게 아름다운 우리 (「첫마음」 부분)

라며 변화 속에서도 변하지 않고 남은 사람들의 희망과 아름다움을 노

래한다. 「새벽별」에서 이 항심의 존재들은 "뭇 별들이 지쳐 돌아간 뒤에도/ 가장 늦게까지 남아 있는 별/ 끝까지 돌아가지 않는 별"인 새벽별로 표현된다. 새벽별은 "가장 먼저 뜨는 찬란한 별이 아니"라 "가장 나중까지 어둠 속에 남아 있는/ 바보 같은 바보 같은 별"이다. 이들은, 아무도 바보가 되지 않으려고 날쌔게 뛰는 이 계절에 "시린 첫마음 빛내며" 변함없이 빛나고, 그래서 「첫마음」에 나오는 "참혹하게 아름다운 우리"처럼 이들도 "아름다운 그대"이다.

앞이 캄캄한 언 하늘에
시린 첫마음 빛내며 떨고 있는
바보 같은 바보 같은 사람아
눈물나게 아름다운 그대 (「새벽별」 부분)

『참된 시작』에서 시인 자신의 이미지이자 은유로 제시되었던 겨울나무는 이번 명상집에서도 여전히 "겨울 사내"로 표현됨으로써 겨울과 인동에 관계된 일련의 심상, 은유, 상징들이 그의 글에서 얼마나 중요한 것인가를 보여준다. 「겨울 사내」는 "겨울 사내"인 시의 화자가 변화의 소용돌이에 쓸려 등 돌리고 떠나버린 옛 친구들에게 그들이 잃어버린, 또는 내팽개친, 꿈을 환기시키는 편지이다. 꿈을 버린 사람들은 지금 따뜻한 안정 속에 있을지 몰라도 그것은 '어지러운 따뜻함'이고 '전망 없는 안정'이다. 이 모순 형용의 언어로 화자는 "알아 넌 내가 춥지/ 겨울 사내가 싫지/ 네 따뜻한 어지러움에/ 네 안정된 전망 없음에/ 잠시만 문을 열어" 한때 그들이 가졌던 꿈을 기억해줄 것을 당부한다.

언살 터진 내가 싫어도

내 속에 품었던 따뜻한 달걀 같은

겨울 속에 길러온 이 핏덩이 희망,

옛 눈물로 젖 물려주시길 (「겨울 사내」 부분)

「종달새」에서도 그 '죽지 않고 죽을 수 없는 꿈'은 거듭 확인된다. 시인
은 세상의 어떤 억압자들도 그 꿈을 지워 없애지 못할 것임을

너는 나를

지우지 못하네 (「종달새」 부분)

라는 두 줄의 간명한 언어와 결연한 어조로 선언한다. 종달새는 겨울 창
살 안에 가둘 수 있어도 그 푸른 꿈을 가둘 수는 없다. "푸른 기억을/ 뜨거
운 노래를/ 위로 위로 나는 꿈을/ 내 핏속의 열망을/ 가두지 못하네// 창
살 안에 갇혔어도/ 나는 한 마리 종달새/ 종달새는 종달새!"이기 때문에.
박노해의 '겨울'이 단순히 물리적 감옥의 은유가 아니고 생명문학적 상
징체계 속에 있는 순환질서의 한 부분도 아니라는 사실을 아는 일은 중
요하다. 내가 어떤 다른 글에서 지적한 바지만, 생명문학적 순환의 상상
력에서 죽음과 소생은 겨울과 봄처럼, 끊임없이 되풀이되는 반복적 사
건이다. 이 반복이 자연의 순환질서이며 모든 생명은 이 순환의 리듬 속
에 있다. 이 리듬을 중시하는 것이 생명문학의 상상력이다.

그러나 박노해의 글 속에 등장하는 겨울은 이 같은 자연질서의 일부로
서의 겨울이 아니라 '역사의 겨울'이며 봄이라는 것 역시 끊임없이 반복

되는 자연의 봄이 아니라 '인간의 역사가 성취해야 하는 봄'이다. 역사의 겨울은 인간이 다른 인간을 지배하고 누르고 착취하기 위해 만든 인공적 억압의 질서이며 이 질서를 극복하는 것이 역사의 봄이다. 역사의 겨울과 역사의 봄은 순환질서의 상징이 아닌 역사적 상징체계 속에 있다. 그러므로 박노해의 겨울과 봄은 순환의 상상력에서 나오는 것이 아니라 억압과 해방이라는 역사적 상상력으로부터 나온다. 그의 겨울나무, 죽음과 소생, 꿈과 희망은 모두 이 같은 상상력에 매개되고 그 상상력을 표현한다. 순환의 상상력에서 겨울과 봄은 순환의 큰 양식 속에서 서로 동등한 가치를 갖는 반복 장르이다. 이 경우의 겨울은 특별히 부정의 대상이 아니고 봄은 반드시 그 항구성을 기원해야 할 대상이 아니다. 그 겨울은 특별히 싸우지 않아도 때가 되면 물러가고 봄은 특별히 쟁취하지 않아도 때가 되면 돌아온다. '빼앗긴 들에도' 자연의 봄은 온다.

그러나 역사적 비전 속의 겨울은 물리치지 않으면 물러가지 않고 봄은 쟁취하지 않으면 오지 않는다. 역사의 겨울이 길고 역사의 봄이 늘 올 둥 말 둥 해 보이는 것은 그 때문이다. "이 겨울이 언제 끝날지는 아무도 말할 수 없었다"라는 「그해 겨울나무」의 겨울은, 박노해 개인을 붙잡아 두고 있는 물리적 공간으로서의 감옥도, 그 감옥의 겨울도 아니다. 그것은, 수없이 되돌아오고 해마다 되풀이 되는 자연의 봄과 관계없이 존재하는 억압과 질곡의 겨울, 곧 역사의 겨울이다.

마찬가지로, 『참된 시작』에 수록된 「우리는 간다 조국의 품으로」에서 화자가 "사랑하는 친구여/ 이제 더이상 봄을 기다리지 말자/ 우리 함께 역사의 봄을 찾아나서자"라고 말하는 그 봄은, 이미 명시적으로 표현되고 있듯, 억눌리고 빼앗긴 자들이 찾아나서서 쟁취하지 않으면 안 되는 "역사의 봄"이다. 박노해의 겨울과 봄을 특징짓는 이 역사적 비전은 이번 명상집에 실린 「겨울 없는 봄」 등의 글에서 여전히 시적 상상력의 조직 원리로 작동하고 있다.

아 봄마저 길러 파는 저 무서운 손아귀가 손아귀가
겨울을 없애버린 시대에, 겨울을 정복해버린 시대에,
진정한 인간의 봄은 어디에서 구할까요 (「겨울 없는 봄」 부분)

그런데, 봄마저 길러 파는, 그래서 한겨울에도 겨울이 없어져버린 이 시대에, 역사의 겨울과 역사의 봄이라는 상상력의 원리는 어떻게 유효한가? 한겨울에도 봄을 날라다주는 자본주의적 포식문화가 '풍요의 환상'을 최대한으로 키우고 있는 지금 "진정한 인간의 봄은 어디에서" 구할까? '어디에서 구할까'는 동시에 '어떻게 구할까'라는 질문이기도 하다. 이 질문이 제기되는 지점에서, 참으로 흥미롭게도, 우리는 박노해가 그 동안 번민하고 모색해온 어떤 새로운 길, 어떤 변모, 어떤 생각을 만나게 된다. 이 부분은 이번 명상집이 과거의 박노해와 지금의 박노해 사이에 존재하는 연속성만이 아니라 그의 변모, 혹은 그의 성숙을 보게 하는 중요한 지점이다. 「세 발 까마귀」는 바로 그 지점을 대표한다. "사람들은 '아직도' 이렇게 묻습니다/ "아직 사회주의자입니까?"/ 나는 정직하게 대답합니다/ "예!" "아니오!"/ 당신은 쉽게 물을지 몰라도/ 나는 지금 온 목숨으로 대답하는 겁니다" 라는 대목에 이어

자본주의가 삶의 본연本然이라면

사회주의는 삶의 당연當然이 아닌가요

삶의 본연을 긍정하지 않는 사회주의가 진보할 리 있겠습니까

삶의 당연을 품에 안지 못한 자본주의가 진보할 수 있겠습니까

이상을 갖지 못한 현실이 허망하듯

현실을 떠난 이상도 공허한 거지요

삶과 인간과 현실 변화를 있는 그대로

볼 수 있는 밝은 눈을 얻기까지

나는 '아무 주의자'도 아니고 동시에 '모든 주의자'입니다

나는 지금 분명히 '한 생각'을 다듬고 있습니다

자본주의와 사회주의의 양극단을

내 온 삶으로 끝간 데까지 밀고 나가

정직하게 몇 번씩 목숨을 던져주며

처절하게 참구해온 한 생각을 가다듬고 있습니다

(중략)

굳이 당신이 요구하는 '……주의'의 사고틀로 말하라면 나는

비사회주의 탈자본주의 친생태주의 친여성주의라고 해두지요

그래서 나의 대답은 "예" "아니오"인 것입니다 (「세 발 까마귀」 부분)

이것은, 이 명상집에서 박노해가 그의 "참구 정진"의 내용을 가장 명징한 언어로 표현하고 있는 결정적 대목이다. 그는 자본주의도 사회주의도 아닌, 제3의 길을 모색하고 있다. 그는 고구려 무덤 벽화에 나오는 '세 발 까마귀'의 이미지로 이 제3의 길을 표현한다. "아니, 저 세 번째

발은 두 발의 긴장으로 새로운 하나를 낳는/ 다시 시작하는 발, 미래의
발, 창조의 발, 없음으로 있는 발/ 두 발 속에 저리 분명한 또 하나의 발
이 있어 내일을 여는 겁니다/ 치열한 두 발의 맞섬과 교차 속에 참된 진
보의 발이 나오는 겁니다".

나는 흑이면서 백이고, 흑과 백의 양극단의 떨림 사이에서
온몸으로 밀고 나오는 까마귀의 세 번째 발입니다
중간 잡기가 아닙니다 흑백 섞은 회색이 아닙니다
흑과 백 사이의 오색 찬란한 무지개빛이고 푸르른 산내들입니다

까악―
핏빛 첫울음으로 어둠을 찢고
시뻘건 아침 햇덩이 속에서
검은 점 하나로 날아오는 세 발 까마귀
다시 시작하는 발, 또 하나의 발, 우리 희망의 발이여! (「세 발 까마귀」 결
미 부분)

이것이, 제2시집의 「그해 겨울나무」 속에 그냥 암시로써, 씨앗으로써
묻혀 있다가 4년의 정진 시대를 거쳐 나온 "참된 시작"의 내용일까? 물
론 아직은 어떤 단정도 내리기 어렵다. 그러나 「세 발 까마귀」를 비롯한
「현실 공부」, 「그들의 실패」, 「사는 데 도움이 안 된다면」, 「그 여자 앞에
무너져내리다」, 「변화 속에서」, 「불변의 진리」, 「고난은 자랑이 아니다」,
「나 하나의 혁명이」 등에 진술된 박노해의 생각들을 종합해보면 '제3의

길'은 분명 지금 박노해의 머릿속에 다듬어진 새로운 길이라는 결론을 내리지 않을 수 없다.

그것은 그가 자신의 실패한 부분을, 과오와 맹목을, 치열하게 반성하면서 "한 번은 다 바치고 다시" 시작하기 위해 "참구 정진"하는 과정에서 빚어낸 세 번째 발이고 희망의 길이다. 그 길에서 그는 자본주의와 사회주의라는 큰 이름으로 분류되는 두 체제 사이의 긴장을 포착하고, 순환의 상상력과 역사적 상상력을 결합하며, 사회 구조와 인간을 동시에 고려하면서 "콩 세 알의 삶", "삼전의 뜨거움 삼전의 푸르름/ 셋 나눔의 희망을"(「셋 나눔의 희망」) 살고자 한다. 이 길에 대해 논평하는 것은 지금 이 글의 할 일이 아니다. 우리가 첨가할 수 있는 것은

길 찾는 사람은
그 자신이 새 길이다

참 좋은 사람은
그 자신이 이미 좋은 세상이다 (「다시」 부분)

라는 박노해 자신의 표현대로, "길 찾는" 사람은 언제나 진행형 시제이지 "길 찾은"의 완료형이 아니라는 사실이다. 우리는 누구나가 다 '길 찾는' 사람일 뿐 이미 '길 찾은' 사람이 아니다. 이것이 인간의 겸허한 모습이고 길이며, 그래서 박노해의 발견처럼, "길 찾는 사람은/ 그 자신이 새 길이다". (1997)

박노해를 기다리며

박기호(예수살이공동체 산위의 마을 대표신부), 김진주

여기, 시대의 중심을 치열한 투혼으로 뚫고 나온 삶의 감동이 있습니다. 열정이 시들어버린 시대에 캄캄한 벽 속에서 울려오는 맑고 뜨거운 육성이 있습니다. 우리 시대의 고난과 이루지 못한 꿈의 표상인 사람, 한 번은 다 바치고 겨울나무로 묵묵히 서서 미래를 길러내는 사람, 가난하고 힘없는 이들의 아픔이고 희망인 사람, 박노해.

그는 지금 경주 남산자락의 독방에서 7년째 외로운 정진을 계속하고 있습니다. 이 빠른 시대 변화의 흐름에서 한 발 물러나 "너는 나를 잊으라" 하며 스스로 엄혹한 '겨울삶'을 살아가고 있습니다. 그러나 우리는 그를 잊을 수 없습니다. 겨울삶이 없이는 푸른 봄이 없듯이 박노해의 쓰라린 패배와 슬픔 속에서 우리의 미래가 되살아나기를 바라며 그를 기다립니다. 그를 그리워하며 그를 거울삼아 살아온 우리는 박노해의 '꽃심을 지닌 겨울삶'을 널리 나누고자 이 책을 엮었습니다.

지난 7년에 걸쳐 옥중의 박노해를 만나온 가족, 친지들은 가슴 깊이 간

직한 그의 육성을 글로 만들어서 가까운 사람들 사이에 돌려보며 오롯
한 감동을 서로 나누어왔습니다. 그러나 긴 세월 동안 편지 한 장 바깥
세상으로 내보내지 않고, 수많은 언론매체의 인터뷰 요청을 거절해온
그의 단호한 침묵의지 때문에 지금껏 공공연하게 펼쳐보이지 못했습니
다. 하지만 7년 세월의 단절과 기다림은 너무도 아프고 길어서 이렇게
나마 갇힌 박노해와 소통을 이루어야 하겠다는 절실한 마음들이 모아
져서 이 책을 펴내게 되었습니다.

그동안 박노해를 면회하신 분 가운데에서 그의 육성을 글로 옮겨서 책
으로 만들 수 있도록 힘써주신 신부님, 수녀님, 스님, 변호사님, 교수님,
국회의원님을 비롯하여 작가, 노동자, 친구, 후배님들께 감사드립니다.
어려운 가운데서도 귀한 글을 보내주신 도정일 교수님, 그리고 특별히
이 책이 세상에 나오는 데 큰 힘이 되어주시고, 추천사를 써주신 김수환
추기경님께 거듭 감사를 드립니다.

이 책은 모두 122편의 산문과 시로 이루어졌습니다. 7년째 이어지는 감
옥살이를 통해 하루도 거르지 않고 새벽마다 깨어 일어나 깊은 묵상 가
운데서 가다듬어온 '한 생각'을 〈명상 에세이〉라는 형식으로 엮어보았
습니다. 에세이란 원래 자유로운 형식의 산문이나 논설을 가리키는 문
학 장르이지만 여기서는 '형식에 구애받지 않는 글'이라는 포괄적인 의
미로 썼습니다.

때로는 시린 새벽 종소리처럼, 때로는 뜨거운 불덩이처럼 우리 내면의
깊은 곳을 울리는 그의 음성을 기억 속에서 꺼내어 재현한다는 것은 너
무도 힘겹고, 한편으로는 서글픈 일이었습니다. 벽 속 처절한 정신의 긴

장감이 이따금 배어 나오는 박노해 시인의 맑은 얼굴과 환한 웃음, 함께 나눈 대화의 분위기를 다 살리지 못한 채 토막 잘린 말들의 여윈 모습이 어쩌면 가엾게도 보이지만 그가 자유롭게 말하고 쓸 수 있는 날이 오기까지는 어쩔 수 없는 일입니다. 단어 하나, 쉼표 하나에도 맛과 의미가 달라지는 글의 생명이 온전히 살아서 독자들에게 전달되지 못하는 안타까운 사정이 바로 박노해가 하루빨리 석방되어야 할 절실한 이유 가운데 하나일 것입니다.

그리고 또한 이 책을 엮으며 우리는 커다란 당혹스러움에 직면했음을 토로하지 않을 수 없습니다. 그것은 지난 7년 동안 침묵 가운데 치열하게 시대 변화를 뚫고 나온 박노해의 진면목을 아는 사람이 거의 없다는 사실과 도무지 그를 무어라 규정할 수도 그려낼 수도 없다는 막막함이었습니다.

박노해는 처음부터 '얼굴 없는' 사람이었습니다. 이 나라 가난하고 힘없는 모든 사람들이 그러하듯이, '잊혀진 존재'이던 노동자 농민이 그러하듯이, 그는 분명 '있음'에도 '없는' 존재였고 '없음'으로써 '있는' 존재였습니다.

생각해보면 감옥에서 불혹의 나이를 맞이한 박노해의 생애는 이름 없는 현장 노동자, 해고자, 수배자, 얼굴 없는 시인, 혁명가, 777번 무기수로 이어지는 파란만장한 고난의 역정이었습니다. 격동의 역사를 정면으로 뚫고 나가며 끊임없이 진보를 향한 변모를 거듭해온 박노해, 그와 더불어 그 피투성이 역정의 전과정에서 함께해온 사람 하나 없기에 그의 진면목을 선명히 그려내기가 어려운 것은 어쩌면 당연하다 할 것입니다.

그리고 노동운동가, 시인, 혁명가에서 나아가 사상가로, 영성가로, 문화혁명가로 다차원에 걸쳐 존재와 삶의 확장을 이루어가는 그이기에 어느 한두 측면에 초점을 맞추어서는 그가 잘 드러나 보이지 않는 것도 당연하다 하겠습니다. 그러므로 이 책에 수록된 내용만으로는 아직까지도 '얼굴 없는' 박노해의 참모습을 그려내기에 턱없이 부족함을 안타까이 여깁니다.

아무쪼록 이 책의 출간으로 박노해에 대한 많은 분들의 관심과 그리움이 다소나마 해갈되기를, 이 갇히고 토막난 말의 모듬이 생생한 육성의 강물로 흐르기를, 캄캄한 동굴 속의 웅녀님처럼 뼈아픈 박노해의 침묵, 정진의 세월이 마감되기를…….
그리하여 앞길을 잃고 흔들리는 우리 삶을 다시 가다듬는 첫마음으로, 푸른 혼불로, '물항아리 머리에 인 여인의 정갈한 걸음'으로 우리 앞에 다가오기를…….〔1997〕

박노해

1957 전라남도 함평에서 태어나 고흥, 벌교에서 자랐다. 16세에 상경해 낮에는 노동자로 생활하고 밤에는 선린상고(야간)를 다녔다. **1984** 스물일곱 살에 첫 시집 『노동의 새벽』을 출간했다. 군사독재 정부의 금서 조치에도 100만 부 가까이 발간된 이 시집은 당시 잊혀진 계급이던 천만 노동자의 목소리가 되었고, 대학생들을 노동현장으로 뛰어들게 하면서 한국 사회와 문단을 충격으로 뒤흔들었다. 감시를 피해 사용한 박노해라는 필명은 '박해받는 노동자의 해방'이라는 뜻으로, 이때부터 '얼굴 없는 시인'으로 알려졌다. **1989** 분단된 한반도에서 사회주의를 처음 공개적으로 천명한 〈남한사회주의노동자동맹〉(사노맹)을 결성했다. **1991** 7년여의 수배생활 끝에 안기부에 체포되면서 처음으로 얼굴을 드러내었다. 24일간의 고문 후 '반국가단체 수괴' 죄목으로 사형이 구형되고 무기징역에 처해졌다. **1993** 감옥 독방에서 두 번째 시집 『참된 시작』을 출간했다. **1997** 옥중에세이 『사람만이 희망이다』를 출간했다. 이 책은 수십만 부가 퍼져 나가며, 그의 몸은 가둘 수 있지만 그의 사상과 시는 가둘 수 없음을 보여주었다. **1998** 7년 6개월의 수감 끝에 석방되었다. 이후 민주화운동 유공자로 복권되었으나 국가보상금을 거부했다. **2000** "과거를 팔아 오늘을 살지 않겠다"며 권력의 길을 뒤로 하고 '생명 평화 나눔'을 기치로 한 사회운동단체 〈나눔문화〉(www.nanum.com)를 설립했다. **2003** 이라크 전쟁터에 뛰어들면서, 전 세계 가난과 분쟁 현장에서 평화활동을 이어왔다. **2010** 낡은 흑백 필름 카메라로 기록해온 사진을 모아 첫 사진전 「라 광야」展을 열었다. 한 장 한 장 심장의 떨림으로 촬영한 10년의 기록은 중동 이슬람에 대한 새로운 시야를 열어주

면서 깊은 성찰과 울림을 남겼다. 10월, 「나 거기에 그들처럼」展 (세종문화회관)을 열었다. 12년간 아프리카, 중동, 아시아, 중남미 등 세계 각지에서 기록해온 13만여 장 중 107점의 사진을 전시했다. 고통 받는 지구마을 민초의 강인한 삶에 바치는 '빛으로 쓴 경애의 시'는 큰 감동의 파장을 일으켰다. 10월, 304편의 시를 엮어 12년 만의 시집 『그러니 그대 사라지지 말아라』를 출간했다. **2012** 나눔문화가 운영하는 대안 삶의 문화 공간 〈라 카페 갤러리〉에서 박노해 사진전을 상설 개최하고 있다. 파키스탄 사진전 「구름이 머무는 마을」, 버마 사진전 「노래하는 호수」, 티베트 사진전 「남김없이 피고 지고」, 안데스 께로 사진전 「께로티카」, 수단 사진전 「나일 강가에」, 에티오피아 사진전 「꽃피는 걸음」, 볼리비아 사진전 「티티카카」, 페루 사진전 「그라시아스 알 라 비다」, 알 자지라 사진전 「태양 아래 그들처럼」, 인디아 사진전 「디레 디레」, 카슈미르 사진전 「카슈미르의 봄」, 인도네시아 사진전 「칼데라의 바람」, 쿠르드 사진전 「쿠르디스탄」, 라오스 사진전 「라오스의 아침」, 팔레스타인 사진전 「올리브나무의 꿈」 그리고 「하루」展과 「단순하게 단단하게 단아하게」展을 개최했다. **2014** 아시아 사진전 「다른 길」展 (세종문화회관) 개최와 함께 사진에세이 『다른 길』을 출간했다. **2017** 『촛불혁명-2016 겨울 그리고 2017 봄, 빛으로 쓴 역사』(감수)를 출간했다. 오늘도 국경 너머 인류의 고통과 슬픔을 끌어안고, 세계 곳곳에서 자급자립하는 삶의 공동체인 '나눔농부마을'을 세워가며 새로운 사상과 혁명의 길로 걸어가고 있다.

매일 아침, 사진과 글로 시작하는 하루 〈박노해의 걷는 독서〉 ⬛ parknohae ⭕ park_nohae

박노해 옥중 사색

사람만이 희망이다

2020년 10월 30일 개정 2판 5쇄 발행
2015년 6월 10일 개정판 3쇄 발행
2011년 6월 28일 느린걸음 초판 발행
1997년 7월 10일 해냄출판사 초판 발행

지은이 | 박노해
편집 | 김예슬
디자인 | 홍동원, 윤지혜
홍보 마케팅 | 이상훈
종이 | 월드페이퍼
인쇄 | 한영문화사
특수가공 | 이지앤비
제본 | 에스엠북

발행인 | 임소희
발행처 | 느린걸음
등록일 | 2002년 3월 15일
등록번호 | 제 300-2009-109호
주소 | 서울시 종로구 사직로8길 34, 330호
전화 | 02-733-3773 **팩스** | 02-734-1976
이메일 | slow-walk@slow-walk.com
블로그 | http://slow-walk.com

ⓒ 박노해 2015

ISBN 978-89-91418-18-9 03810

이 도서의 국립중앙도서관 출판예정도서목록(CIP)은
서지정보유통지원시스템(http://seoji.nl.go.kr)과
국가자료공동목록시스템(http://www.nl.go.kr/kolisnet)
에서 이용하실 수 있습니다(CIP제어번호: CIP2015012702)